外国经典
诗　歌
珍藏丛书

泰戈尔诗选

柳鸣九 / 主编　倪培耕 / 编选
石真　冰心　吴岩　汤永宽 / 译

時代文藝出版社

图书在版编目（CIP）数据

泰戈尔诗选 / (印) 泰戈尔著；倪培耕编选；石真等译. — 长春：时代文艺出版社，2020.4
（外国经典诗歌珍藏丛书 / 柳鸣九主编）

ISBN 978-7-5387-6207-5

Ⅰ. ①泰… Ⅱ. ①泰… ②石… Ⅲ. ①诗集－印度－现代 Ⅳ. ①I351.25

中国版本图书馆CIP数据核字（2019）第268146号

出品人 陈 琛
产品总监 邓淑杰
责任编辑 闫松莹
封面绘画 刘星宇
装帧设计 孙 利
排版制作 隋淑凤

泰戈尔诗选

［印度］泰戈尔 著　倪培耕 编选　石真 等译

出版发行 / 时代文艺出版社
地址 / 长春市福祉大路5788号 龙腾国际大厦A座15层 邮编 / 130118
总编办 / 0431-81629751 发行部 / 0431-81629755 北京开发部 / 010-63108163
官方微博 / weibo.com / tlapress 天猫旗舰店 / sdwycbsgf.tmall.com
印刷 / 三河市万龙印装有限公司
开本 / 880mm × 1230mm 1 / 32 字数 / 260千字 印张 / 12.5
版次 / 2020年4月第1版 印次 / 2020年4月第1次印刷 定价 / 48.00元

图书如有印装错误 请寄回印厂调换

编者、译者简介

倪培耕

20世纪60年代中期毕业于北京大学，80年代初赴印度，分别在阿格拉大学和德里大学做访问学者两年，进修印度诗学。回国后从事外国文学与文化的研究、翻译和编辑工作。现任中国社会科学院世界文明比较研究中心副主任。

学术论著有：《印度味论诗学》等三部；翻译有《饥饿的石头》等近三百万字作品；参加策划与主编的项目主要有：《世界诗学大辞典》《泰戈尔全集》（二十四卷）、《世界文学经典名著》（一百余本）、《世纪文学60家》（六十卷）、《世界文明书系》（十二卷）、《世界文明图库》（十二卷）和《世界文明通论》（七卷十册）等。

石　真（1918—2009）

著名印度文学翻译家，中国社会科学院外国文学研究院研究员。

冰　心（1900—1999）

我国著名作家、翻译家。

吴　岩（1918—2010）

著名文学翻译家，上海译文出版社前总编辑。

汤永宽（1925—2007）

著名翻译家，上海译文出版社前副总编辑。

游走在有限与无限之间的吟者（序）

倪培耕

一

1861年5月7日，泰戈尔出生在印度加尔各答的一个贵族地主家庭里。父亲是印度闻名的哲学家和宗教改革家，共有十四个子女，泰戈尔最幼。泰戈尔的哥哥姐姐以及与他年龄相仿的侄辈，或从事社会改革事业，或献身于文学艺术事业。他们对泰戈尔的世界观或文艺观的形成，起过重要的影响。泰戈尔没有在正规学校完成学业，主要通过父兄和家庭教师的帮助自学成才。他八岁习诗，十五岁发表第一部长诗《野花》。十七岁赴英国学习法律，却醉心于英国文学和西洋音乐。两年后回国，投身于文学事业。二十岁他所发表的诗集《暮歌》标志着他诗歌创作的正式开始。从那时直至逝世，泰戈尔共发表了五十多部诗集，两千多首歌曲。他的创作几乎涉足了诗歌所有体裁和形式。

他的整个诗歌创作生涯可分成三个时期，即1880年至1900年清新的早期，1901年至1914年复杂的中期，1915年至1941年深沉的晚期。

无疑，刚刚摆脱模仿阶段的《暮歌》和稍后的《晨歌》（1883年）不可能承担起直接反映生活的重任，它们只不过反映了作者个人的几声悲叹和一丝甜蜜的幻想。《画与歌》（1884年）《刚与柔》（1886年）诗集才离开了自我的小天地，转向外部世界和社会人生。诗歌创作的转向恰恰是他个人生活变化的反映。1884年至1911年，泰戈尔任“梵社”秘书，参加社会改良活动，尤其是在1890年至1900年，他应父亲的要求，管理家族的财产，定居在流经国家附近的帕德玛河上的一条船上。他泛舟河上，任意东西，饱览了湖光山色，接触了乡村社会，目睹了农民的艰辛困苦和英国殖民当局的专横暴戾。这段生活实践，确立了他创作的民主主义和人道主义思想。这十年间，他写下了自己较优秀的八部诗集。第一部诗集《心中的向往》里有爱情诗、自然诗、哲理诗、宗教诗和现实生活诗。这些也是泰戈尔全部诗歌创作的五个方面内容。1895年发表的《缤纷集》被认为是他诗歌创作中最优秀的一部诗集，闪耀现实主义光辉的故事诗《两亩地》就收在此集中。1896年创作的《收获集》里大部分诗都是短小的，其内容或是在帕德玛河畔所见所闻的下层社会的日常生活，或是片刻的悔恨和对往昔的追寻；1900年可感到诗人内心情绪波动的《梦幻集》以及完全口语化的、撷取瞬间情愫的《刹那间》问世。一年之前，传统风格的格言诗和寓言诗《微思集》（1899年）付梓。上述诗篇无论是对恋情的描绘，还是对童真的摹写，或是对现实的剖析，都被染上了一种自由清新的色彩。

1901年至1914年既是他诗歌创作的复杂期，又是他人生阅历的复杂期。1901年他离开家园，抱着改造社会的目的，在桑地尼克坦创办了一所学校，它于1921年扩展成为一所国际大学。他本人则经历了1902年丧偶，1904年爱女病逝，1905年父亲故世。同年，英国殖民当局推行分裂孟加拉政策，泰戈尔闻讯，离开乡村，来到加尔各答，投身于印度民族解放运动。他慷慨陈词，发表演说，领导示威游行，创作爱国歌曲，呼吁同胞民族团结，反对当局的分裂阴谋。1907年，因不满运动当权者的私欲膨胀和忽左忽右的策略，退出政治舞台，返回乡村，埋头于教育与文学事业，并创办农村改造中心。他的思想和行动，遭到人们的批判。在遭受了家庭极端不幸和社会无端责难下，他的创作也堕入复杂的旋涡里。这时期前半段，1900年出版的《民谣》和《故事诗集》取材于古代或民间的传说，如描写宁死不屈的般达父子俩的《被俘英雄》，以及歌颂卧薪尝胆的英雄《戈宾德·辛格》等等。显然，泰戈尔不是在发思古之幽情，而是通过描写历史上民族英雄的事迹，唤醒民族精神，为推翻殖民统治而奋斗。又如在1905年民族运动期间，他创作了如《起航》《你独自向前》等许多爱国歌曲。当时印度民众就是唱着这些歌曲，行进在游行队伍之中。然后，在这时期后半段，泰戈尔接连发表了《渡口》（1906年）、《吉檀迦利》（1910年）、《歌之花环》（1914年）和《颂歌》（1914年）以及早先发表的《祭品》（1901年）等。这里，他吟唱对神的虔诚，讴歌灵魂的净化，礼赞与神合一的欢愉。这样，不仅宗教激情取代了爱国热情，而且早期对恋情、童真和现实的各个“清新”图景都被涂上了神圣的光环，统统被汇入了与神合一的礼赞江河之中。于是，他的创作似乎是从外界向内心，从人向神的一百八十度大转弯。

1913年泰戈尔因英文版《吉檀迦利》获得诺贝尔文学奖，同年加尔各答大学授予他博士学位，英国政府封他为爵士。但他没有陶醉于荣誉之中，1916年发表的《飞鸟集》揭开了他晚年诗歌创作的深沉时期的序幕，泰戈尔的人生和创作似乎又回到了现实土壤里。

1919年英国殖民当局在阿姆里察屠杀手无寸铁的印度民众，泰戈尔闻讯后愤怒地写信给英国总督，声明放弃英王所授予的男爵称号，以示抗议。随着第一次世界大战的爆发，诗人的目光转向了现实世界的舞台。他先后十余次远涉重洋，访问几十个国家和地区，传播和平友谊的信息，从事文化交流活动。他于1924年来华访问，重架中印文化之桥，回国后创作了《在中国的谈话》，表达了对中国人民的情谊。1930年访问前苏联，写下《俄国书简》，赞美当时的社会主义苏联，在德意日法西斯猖獗时，他著文赋诗，集会投书，声援被侵略的各国人民，谴责法西斯的罪行；并于1941年4月写下《文明的危机》，控诉英国殖民者在印度的罪恶统治，表达了祖国必定获得解放的信念。

1941年8月7日，泰戈尔病逝于加尔各答的祖宅里。

这期间，泰戈尔发表了三十余部诗集，重要的诗集有《再次集》（1932年）、《最后的星期集》（1935年）、《黑牛集》（1936年）、《叶盘集》（1936年）、《边沿集》（1937年）、《天灯集》（1939年）、《新生集》（1940年）、《病榻集》（1940年）、《复康集》（1941年）等。

我们可以从几个方面来阐述这个“深沉”时期的创作：一、开放的民主意识。他一生主张开放的民族主义，反对狭隘的民族主义，尤其抨击帝国殖民者以民族主义为幌子，行扩张侵略之实的强盗逻辑，谴责法西斯暴行，如为抨击墨索里尼侵略阿比西尼亚创作的《非洲》，为抨击日本侵略军在中国罪行创作的《礼佛》，为声援加拿大人民反抗法西斯斗争创作的《号召》等等。《礼佛》一诗写道：“战鼓敲响……在跑去为死亡肉库搜索人肉之前/他们整队走到大慈大悲的佛陀庙里祈求佛陀的保佑/战鼓正在隆隆敲响/大地正在颤抖。”《号召》寄语加拿大人民：“来吧，年轻的国家/宣告保卫自由的战争/举起不可战胜的信仰的旗帜。”《非洲》末尾写着：“来吧，世纪末的诗人/站在夜色将临的垂死之光里/站在被掠夺的非洲门口/说：‘宽恕吧，宽恕’/在这大屠杀的疯狂之中/让这话成为你们的文明的最后的美德之语吧。”二、历史意识。以往，泰戈尔对劳动者不乏恻隐之心，如《山达尔女人》对劳动妇女的劳动表示尊敬，《两亩地》对农民巫宾受封建剥削的遭际表示同情，而如今诗篇充满了历史意识：“农民在田间挥锄/纺织工人在纺织机上织布/渔民在撒网——他们形形色色劳动散布在四方/是他们推进整个世界在前进。”三、自我反省意识。诗人在《山达尔女人》中赞颂劳动妇女的劳动神圣，接着就自责地说：“它的庄严被市价污损了/竟被我借着几个铜钱的帮忙把它掠夺了/我的心感到深深的羞愧。”而在《生辰集》等十首诗里他感到自己的诗似乎从未跨进劳动者的门槛而不安，自责道：“从我上等社会地位的祭坛上/从我荣誉的永久流放所的窄小窗口/我并不能全部看到他们……如果一位诗人不能走进他们的生活/他的诗歌的篮子里装的全是无用的假货/因此我必须羞愧地接受这种责难——我的诗歌的旋律有着缺陷。”但泰戈尔已经没有时间弥补这个缺失了，因而他召唤和等待一位诗人：“他是农民生活中的同伴/他是他们工作、谈话的亲人/他和土地更加亲切/让文学的盛宴中/让他来贡献我不能奉献的一切。”诗人不仅检查自己的创作倾向，也对自己的思想做了批判。《文明的危机》对他一生的思想做了总结，着重谈到对资产阶级文明的幻想破灭，而诗篇《问》简直是它的姐妹篇。从前，他坚守着泛爱主义和非暴力，并把它们归于神谕：“他们教导我们：‘饶恕一切人’；/他们教导我们：‘爱所有的人——/从心底拔掉仇恨毒根’。”但残酷的现实教育了他，因而他向神发问：“那些毒污你的空气的/那些扑灭了你的光明的/你能饶恕他们？/你能爱他们？”

二

在国外，泰戈尔作为一个儿童诗人、爱情诗人和宗教抒情诗人被人铭记着。他的大部分爱情诗是在1881年至1900年清新时期所创作的。早先的爱情诗大都渲染恋情的主观色彩和肉感的欢乐，如《画与歌》一首诗写道：“天上人间无处不回荡/我痛苦的哭泣声/残忍的狞笑声……将永远把你追逐。”《刚与柔》一些诗描写女人的勾魂摄魄的玉臂、纤足、胸脯和亲吻；艺术上大都直露胸臆。而《缤纷集》《梦幻集》等诗集里的爱情诗侧重于描写感情的含蓄、深沉和强烈；艺术细腻，富有戏剧性。如《园丁集》第13、14、19、22等诗里“钏镯叮当，乳沫溢出”“水罐倾倒”“偷偷瞥视”和“裙缘触及”等细腻铺陈，传播着男女心灵情弦的震颤，透示着情侣春心萌动的微妙信息；又如第20首用“为什么他偏来到门口”的衬托，勾勒了少妇“眼睛蒙蒙眬眬”，其心神不定的痴情；第35首用“你从来不说出你要说的话”的转述，刻画少妇对男子的热烈情感；而第31首则用反说，描写少妇恋情的热切和懊伤。她懊伤给男子的“白眼”，她心底哭泣：“为什么他不回来？”泰戈尔不仅描写女性情恋的微妙变化，而且也擅长于捕捉女性感情强烈的表现，如第9首写一少妇乘黑幕降临，赴森林约会。她生怕急步弄响脚铃，无法掩饰那颗喜悦而狂跳的心，又怕暮色遮住佩在胸前的闪闪发光的宝石，无法袒露她强烈的情爱。第33首诗则直白表露少妇深沉且热烈的爱，请求情人怜悯她的痛苦，原谅她的欢乐，容忍她的统治骄傲。泰戈尔不仅写男女恋情的渴求、偷情的欢乐，还写女子被遗弃的痛苦或怨恨。如第56首描写一少妇内心爱情被偷去，随即被抛弃的怨情，“你打碎我心灵的盖子！把我颤栗的爱情拖到空旷地方”，却“扬长而去”。诗人不止对被抛弃女子洒下同情之泪，而且让女主角对男子的负心发出控诉。《遐想集》第20首叙述了一个来自天国的男子降临人间，向一位哲人学习长生不死的学问。为了博取哲人的欢心，撒下爱情的罗网，把哲人的女儿芳心给套住。学业结束，却撇下女孩儿，欲返回天国。此时女孩儿戳穿他种种爱情阴谋，咒诅道：“咒诅你学得的伟大学问——定将是个永远不会减轻的大包袱。”不要以为诗人只是沉溺于抒写恋情的甜蜜，艳情的欢快，叛情的怨伤之中，他更多诗篇证颂恋情的真诚、单纯、节制。爱情单纯得只是“两人相挽，凝眸相视”“一些微笑，一些微微的羞怯！还有一些甜蜜的无用的挣扎”，还有把“投来的眼波”视为至上。爱情是无价的，《园丁集》第一首叙述一位臣仆放下刀剑和官位，愿做心中女王的一名园丁。他在回答女王“如今的职责是什么”的问题时说：“在你悠闲的日子里侍奉你！我要使你清晨散步的花径永远鲜娇/你的双足将步步受到甘心舍命的繁花礼赞相迎。”爱情也是无意义的，无理由的，《遐想集》一首诗写道：一个无所事事，耽于幻想的人死后被错误地引到善良且忙碌的灵魂的天堂里。一天，他在井边向正忙碌汲水的姑娘借用水壶，在水壶上画着稀奇古怪的线条，姑娘诧异地问道：“这画有什么意思？”他答道：“没有什么意思。”次日，他又要为她编织一条彩带，束住她的头发。“可有什么必要？”“倒没有什么必要。”又是一问一答。终于，“五彩的带子编成了/从此她在头发上费去了许多时间。”天堂长老会开会，决定把搅乱天堂忙碌秩序的闲人送回人间，而这位姑娘却乐意随这位闲人回人间。这样，长老们不得不面临一个“没有意义的场面”。

也不要以为，泰戈尔不赋予情爱以意义，他许多爱情诗追寻着自身的不同意义，揭示其永恒的共同基础。如《园丁集》第49首和第50首指出情爱应在“美里整合为一”，而这个美在哪儿？“我竭力要把美捉住/美却躲开了我/只觉肉体在我的手里……肉体怎么能接触那只有精神可以接触的花朵呢？”显然，官能享受是不能使情爱在美里融合的，情爱的永恒的共同基础应是精神力量。换言之，它应给男女双方一种向上的勇气和力量：“从你的魅力里把我解放出来吧/还我男子气概/使我能以解放了的心贡献给你吧。”爱释放出来的力量不仅使人斩断门第贫富的樊篱，抹平心中的伤痛，铲除路途的坎坷，还使人消解出世幻觉、宗教阻隔、政治仇恨。《遐想集》第29首讲在印度教人与穆斯林人交战之际，一位婆罗门女孩儿委身于穆斯林将士的故事。父亲要女儿用刀杀死其丈夫，母亲要她服毒自尽，女儿没有从命，是因为他“把更加伟大更加纯洁的爱情”献给了她。

泰戈尔的爱情诗篇是“那么丰富多彩，那么自然流露，那么热情奔放，那么出人意表”。它们搏击着深处灵魂，拨动着心灵琴弦，使人难以忘怀那青春时光，不止地吟咏这些诗篇。

泰戈尔诗歌创作成就还体现在他的宗教抒情诗上。他的宗教抒情诗主要有孟加拉文的《祭品》《吉檀迦利》《渡口》《歌之花环》和《颂歌》以及英文版的《吉檀迦利》（主要选自上述诗集）等。

泰戈尔接受"梵我合一"的印度传统宗教哲学思想，他的诗歌创作就应合着印度固有的"诗和宗教同为一体的传统"（叶芝语）。泰戈尔自己也说："在印度，我们的文学大部分是宗教性的，因为与我们同在的神并不是一个遥远的神，他属于我们的寺庙，也属于我们的家庭。"（《什么是艺术》）尤其在《回忆录》里他表达了自己的美学思想，说："诗剧《大自然报复》可以看成我未来全部创作的入门，或者说得更确切些，它是我一切著作所涉及的主题——在有限之中达到无限境界的愉悦。"泰戈尔心目中的"有限"，指的是现象世界（自然与社会）和人的灵魂（精神与情感）；"无限"指的是"梵"或神或合一。他认为，三者都是真实或实在。但"有限"是不完善的不完全的实在；"觉"才是最高实在，统摄一切。宇宙万物，同源于梵。因此，艺术最终目的必然是对这个最高真实的揭示，"艺术是人的创作灵魂对最高真实的召唤的应答"。但泰戈尔又认为，"梵"毕竟是"一个空词"，主张"无限"必须化为现象世界的色彩、声音和景象，必须坐落在人的心灵深处，"无限只存在于有限中才能被表现出来"。因此，泰戈尔诗歌尤其宗教诗的创作是以"有限之中达到无限境界的愉悦"为主题，就不足为怪了。

泰戈尔的宗教抒情诗首先抒发了对神的虔诚、赞美和思慕的情绪。如《吉檀迦利》第1首赞美神给“我”带来生生不息的生命：“你已经使我臻于永生的境界，你乐此不疲/这薄而脆的酒杯/你再三饮尽/又不断重新斟满新的生命。”第3首赞美神给世界带来了生命气息：“你的音乐光辉照亮了世界/你的音乐的生命气息透彻诸天。”整个诗篇突显了万物同源于梵的宗教意象。万物不仅同源于梵，而且从梵中获得了生命涌动的力量。诗集第35首至39首等都对神的无比力量致以礼赞：“我的父啊，让我的国家觉醒！进入那自由的吧！”在那儿，心灵是无畏的，知性是自由的，世界是和谐统一的，“不懈的努力是向着‘完美’伸臂”的；第36首“我”直接向神乞求“赐予力量”，使我能轻易地承受欢乐与哀伤，使人能在爱的服务中获得果实。诗人还把神喻作天空和鸟巢，“你的巢里有你的爱，这爱以色彩、声音和芳香拥抱灵魂”，而“在天空里有无限伸展以供灵魂翱翔的地方。”其次，泰戈尔许多宗教抒情诗充盈着对有限与无限结合的渴望和守望以及尚未达到此境界的痛苦与不安的情思：“我的心渴望同你合唱”，“见不到你的面，我的心就不知安宁……我的工作就变成劳作的天涯苦海中的苦役。”未遇到神的痛不欲生的心绪形象还会被渴望和守望的甜蜜情绪形象所取代，“即使我遇不到你，守望依然是甜蜜的……即使渴望落空，渴望的痛苦依然是甜蜜的。《渡口》可见，虔诚之深。

诗人笔下的神不是木雕偶像也不是绝对理念，而是“活动于一切自然中，无所不在无所不包”的。但泰戈尔不是纯粹的泛神论者，他的泛神论是建筑在泛爱的道德基础上的。因而，他的神不在假丑恶，而是在真善美里；他的神不仅在火中、水里、植物中、人类社会里，也在婴孩的微笑中、慈母的亲吻里、玫瑰花的盛开处、花前月下的琴曲里，尤其在劳动人民的血汗里。“在最贫最贱最失所的人群中歇足”“在锄着枯地的农夫那里/在敲石的筑路工人那里/在太阳下，阴雨里/他和他们同在/礼炮蒙上尘土。”这样，诗人笔下的男欢女爱，童真——爱，四季变换，贫者劳动，都留下“无限”的踪迹。总之，普通事物和日常生活都被诗人染上了神圣色彩，赋予以形而上的意味。正如叶芝所言：“旅人穿着棕色服饰，以求蒙上尘土也不会显眼；姑娘在她床上寻找着她皇家情人的花冠上落下的花瓣；仆人或新娘在空空如也的屋子里等待着主人回家，凡此都是仰慕着神的那颗心的形象。花朵和河流，呜呜吹响的海螺，印度七月里的滂沱大雨，或者是灼人的火热，凡此都是那颗心在结合或分离之际的情绪的形象。”（《吉檀迦利》序）这样，泰戈尔的诗作启示人们，应在儿童游戏里、情人的恋情中、旅人的跋涉里、生活欢乐中和死亡的归宿里，寻找或等待与神结合的契机，诗篇尤其号召人们“在劳动里，流汗里”“国家觉醒”“心灵自由”里去迎接神。

如何结合呢，或者说结合的主观条件是什么。诗篇首先告诉我们要摈弃一切私欲，净化灵魂，使人性升华为神性，否则“你的欲望的气息，会把它接触的灯火当即吹灭”“看不到我的真我”。因而，我们应向神乞求力量，使自己在“思想中摈除虚伪”“心中驱除一切的丑恶”，使自己从“极致的危险中拯救出来”。进而，诗人要求撕破名利等束缚的罗网，过“单纯正直”的生活。因为“装饰品会损害我们的结合”“环佩叮当的声音会淹没你的柔声细语”，只有单纯正直生活能“像一支芦笛，供你奏乐”。诗人更强调只有接受神的爱和奉献人的爱，才能与神会合。因而诗人写道，“我在开始我的一天生活之前，来到你的身旁接受你的爱抚……让你那爱的阳光/亲吻我思想山峰/流连于我那庄稼成熟的人生山谷”。（《渡口》）诗人不仅要求神的爱伴随他一生，还要求爱具有现实的和生命的内涵，“请赐我以这样的爱，它清凉纯净/像你的雨，造福干渴的大地/注满家园的陶罐……请赐我以这样的爱，它渗透到生命的核心/由此蔓延开来/仿佛看不见的树液/流遍生命之树的丫枝/使它开花结果。（《采果集》）同时，诗人要人把自己的爱最终献给神，“让我在我的生活里带着你的爱犹如竖琴带着音乐/并在最后把你的爱连同我的生命一起给你”。（《渡口》）于是，对祖国和人民的小爱最终汇入到神明的大爱之江河中，有限与无限的结合最终化为小爱与大爱的完美融合。

可以看出，泰戈尔的宗教抒情诗不纯粹是超脱尘世的颂神诗，它内在的主旋律应和着时代脉搏的跳动，它所吟诵的内容与现实是息息相关的；它的人本主义宗教观，寄托着作家对人民、对祖国的真挚的爱和对崇高理想的热情向往。

泰戈尔诗歌之所以受到各国人民的喜爱，应归于诗歌的高度艺术性。语言清丽，韵律优美，形象生动，细节细腻，是泰戈尔诗歌艺术的主要特征。泰戈尔说过，韵律对诗歌的束缚，不仅产生音乐美，而且产生言欲尽意未尽的效果。因此，他毕生热衷于韵律的革新，试写各种韵律体的诗歌，直到晚年，才摆脱韵律的束缚，步入自由诗的创作。泰戈尔还说过，言不逮意时还可借用绘画和音乐两个艺术手段。因而，他的许多诗，情景交融，犹如一幅幅风景画、人物画，有的仿佛只是表达一缕情丝的几笔线条的抽象画；他的大部分诗，琅琅上口，可配曲歌唱。《吉檀迦利》诗集，更像一部有始有终、有主旋律又有变奏的由多乐章组成的交响乐。整部诗集是由序曲（1—7）、第一乐章泛神颂或理想颂（8—36）、第二乐章追求颂（37—55）、第三乐章欢乐颂（56—86）、第四乐章死之颂（87—100）、尾声(101—103）共六个部分组成。变奏旋律应和着主旋律，序尾相衔，一唱三叹，有力地烘托着人渴望与神结合的主题。

单纯是他诗歌创作的另一个重要艺术特色。这种单纯不是内容贫乏，艺术直白幼稚；而是多彩内容的自然流露，深邃思想的形象捕捉，日常生活的神圣渲染或形而上的探索。可以说，单纯是艺术表现力达到炉火纯青的一个境界，是艺术感情力达到顶峰的一个标尺。也正如叶芝所言，这些抒情诗“以其思想展示了一个我生平梦想已久的世界。一个高度文化的艺术作品，然而又显得极像是普通土壤中生长出来的植物，仿佛青草或灯心草一般”。又说：“文学里其他地方找不到的一种天真，一种单纯，像小鸟和绿叶显得跟泰戈尔很亲近，就像小鸟和绿叶同儿童很亲近一样，使季节的变换对泰戈尔显得是重大事件，就像我们的思想还没有冒出来把季节和我们隔断以前那样。”（《吉檀迦利》序）而对这种高度文化所产生的具有单纯艺术风格的诗歌，庞德自惭形秽，称自己是“野蛮人”，感叹终于“在我们中间找到了一位真正伟大诗人”。

附记

本诗选的译者冰心、石真、吴岩和汤永宽等都是我国文学和翻译界的前辈，敝人同他们有过或深或浅的接触。约莫三十年前，季羡林先生让我去冰心先生家，聘请她为印度文学学会的顾问。客厅十平方米左右，靠窗一张陈旧且锃亮的八仙桌，我与冰心先生面对面落座在两把褪色的木椅上。她笑吟吟地说：“他还是我的学生呢，听过我的课。现在他忙些什么？”谈到石真时，她谦和地说：“我译泰戈尔诗，还请教过石真。”

石真逝世前两年，我去她家，谈起她和冰心的泰戈尔诗歌译作，至今无人企及。顺便提到朱生豪的莎士比亚戏剧译作，傅雷的巴尔扎克小说译本以及杨绛的《堂吉诃德》译本，后来的译本都无法超越。究其原因，可能不在严复所提出的“信达雅”，而在“文学味”上。石真对此非常认同。有次见到罗新璋又谈起“文学味”问题：“你说的文学就是文学性。”他说。我寻思，“文学性”是属于批评范畴的，“文学味”指涉的是作者与读者的文学感悟。

吴岩与汤永宽是上海文化名人，出版家兼作家、翻译家，俩人文才都好。我与他俩交往也始于三十年前，桥梁也是泰戈尔的文学。除了在译文出版社和学术会上多次谋面外，也到他们府上拜访过。吴家是二层楼院宅（租赁的），头次在一层客厅见面。他比我大二十岁左右，辞别时他牵着我手，执意护送我过马路上车，情意笃实。第二次在他二层卧室兼写字间相会。一把竹藤椅只剩三只脚，窗台桌面油污渍斑，俯拾即是。还谈起他刚退休时的经济拮据境况。他去世前一年，我又到寓所拜访。他由夫人从二楼通过漆黑楼梯携扶下来。我大吃一惊，我印象中的魁梧身板竟缩成了一个骨架了。他说，上海刚为他们六位资深翻译家开过一个纪念会，他脸上才浮现出一丝欣慰的表情。

汤永宽的寓所在建国西路上，但他被安寓在三层阁楼上只有三平方米的小屋里，爬过仅容一个身位的木楼梯，才能抵达那儿。那时才华横溢、英俊洒脱的他已身患绝症。不久，他住进养老院，捎信请我讨取一笔两千元的稿费，完事后还来信感谢并约我去养老院看看。时隔数日，他撒手人寰。一种莫名的心寒感觉袭上心头。

他们的译作是文化精品，上佳翻译之作。泰戈尔诗作对我国当代读者和作家起过较大影响，他们的译作功不可没。倘若说，泰戈尔诗作被誉为“高度文化的产物”，那么，这个“桂冠”他们也是受之无愧的。

让我们永远铭记那些“高度文化”的已仙逝或还活着的耕耘者和传播者吧。

2011年12月

目录 Contents

序　诗①

讲个故事，讲个故事吧！
悠久的往世啊，在这无尽的长夜里
为什么只沉默地呆坐着呢？
讲个故事，讲个故事吧！
无数朝代将它的传说
倾注在你的海底，
多少生命的细流汇聚在
你浩瀚的海洋里。
在那里它们不再是奔流的活水，
它们消失了潺潺的低语——
可怕的沉默，微波不起。
你把它们带到哪里去呢？
悠久的往世啊，你在我的心里
讲个故事，讲个故事吧！

讲个故事，讲个故事吧！

① 本诗无题，也未注明写作的年月，《序诗》的题目是译者加的。

沉默的往世啊，你洞悉一切秘密。
　你并非麻木无情，
　为什么不讲话呢？
我的灵魂听到了
　你的脚步声，你心的跳动，
把你成年累月积蓄的传说
　留在我的心底吧！
往世啊，知道你喜欢在夜里
为世人悄悄讲述古往的事迹，
闹嚷嚷白昼的动荡里
　你喜欢静止休息。
往世啊，你在我的心里悄悄地
　讲个故事，讲个故事吧！

　讲个故事，讲个故事吧！
任何佳话传奇你从不忘记，
　一切你都保留收集，
　讲个故事，讲个故事吧！
你一生都以
　看不见的字迹
生动有趣地记录下
　祖先们的故事。

人们也许忘记了他们的事迹，
你却一点一滴都记在心里，
那些被遗忘了的哑默的故事传说
　是你让它们流传后世，滔滔不绝。
让它们发出声音吧！博闻广记的往世，
　讲个故事，讲个故事吧！

无上布施[1]

"我以佛陀的名义求你布施，
喂！世人们，谁是醒了的？"
给孤独长者[2]用低沉的声音
——庄严地呼唤。

那时候，初升的太阳，
在舍卫城接天的宫阙上
恰才睁开了睡意蒙眬的
绛红的笑眼。

颂神的弹唱者酣睡正浓
祝福的晨歌还不曾唱起，
杜鹃怀疑着天色是否黎明
啼声轻缓而迟疑。

① 这故事取自《撰集百缘经》，它是印度佛教譬喻文学中最古老的典籍。此书在公元3世纪时由吴月氏支谦译成汉文。

② 给孤独长者：佛的大弟子。中印度憍萨罗国舍卫城的富商，性慈善，好施孤独，因有此名。

比丘高呼："酣睡的城市，
觉醒起来吧！给我布施。"
这呼声使梦寐中的男女
　　　　引起一阵战栗。

"世人们！六月里的云霞
洒下甘霖情愿牺牲自己。
大千世界上一切宗教里
　　　　施舍是第一。"

这声音仿佛湿婆天[①]的乐章
传自遥远的凯拉萨深山里，
深深地震撼了红尘十丈中
　　　　欢醉的男女。

江山财富填不满国王心中的空虚，
忙碌的家主为家务的繁琐而叹息，
年轻美貌的姑娘们却无缘无故地
　　　　滚下了泪滴。

那为爱欲的欢乐而心跳的人们

① 湿婆天：印度教毁灭之神，同时也是再生之神。

回忆起逝去的昨夜的柔情蜜意，
正好似被踏碎了的花环上一朵

干枯的茉莉。

人们打开了自家的窗户，
眨动着睡意蒙胧的眼睛
伸出头来好奇地凝望着
薄暗中的街路。

“醒来，为佛陀施舍财富”的
呼声传进沉睡的千门万户，
空旷的街心里独自走来了
释迦的门徒。

珠宝商人们的爱女与娇妻
一捧捧把珍宝抛在街心里，
有人摘下项链，有人献出
头上的摩尼[1]。

财主们捧出了一盘盘黄金，

① 摩尼：珍珠。

比丘不睬，任它弃置在地，
只高喊着：“为了佛陀我向
　　　　你们乞求。”

尘土蒙上了施舍的锦绣衣裾，
金银珠宝泛异彩在晨光里，
给孤独长者却依旧手托着
　　　　空空的钵盂。

“世人们，注意！福佑我们的
是众比丘的主人——释迦牟尼，
布施给他，你们所有财富里
　　　　那最好的。”

国王回宫，珠宝商人也转回家去，
任何供养都不配作为敬佛的献礼，
舍卫国偌大的繁华城市在羞惭里
　　　　垂下头去。

太阳升起在东方的天际。
城市的人们已不再休息，
比丘从大街上缓缓踱进

城边的树林里。

地上躺着一位贫穷的妇女，
身上裹着一件褴褛的破衣，
她走来跪在比丘莲花足前
双手接足顶礼。

妇人躲进树林，从身上
脱掉那件唯一的破布衣，
伸出手来，毫不顾惜地
把它抛出林际。

比丘欢呼着高举双臂：
“祝福你，可敬的母亲，
是你在一念间圆成了
佛陀的心意。”

比丘欢喜地离开城市，
头顶着那件破烂布衣，
前去把它献在释迦佛
光辉的脚底。

1898年10月

代　理　人

有一天，希瓦吉①
　在塞达拉堡门前
　　清晨里忽然望见——
拉姆达斯，他的师傅，
　像穷人一样可怜——
　　正一家家挨门化缘。
他想：这是怎么一回事！
　师傅竟拿着乞食的钵盂！
　　他的家境一点也不贫寒！
一切他都拥有，
　国王匍匐在他脚前，
　　他的欲望竟无法填满。
好像日夜把水倒在破碗里

① 希瓦吉（1630—1680）：马拉塔联邦的盟主，曾统治印度西海岸全部马拉塔地带。他号召人民“为祖先的骨灰，为宗教的庙宇”起来反抗莫卧儿王朝的统治，力图恢复祖国的独立。他是虔诚的印度教徒，但他对于一般的伊斯兰教徒并不歧视。

要消灭他的干渴
全都是白费气力。

希瓦吉说：“倒要看看
究竟给多少东西才能
装满他行乞的钵盂。”
于是他拿起笔
不知写了些什么，
吩咐大臣巴拉吉：
“如果敬爱的师傅
来到堡前行乞，
把这封信献在他的脚底。”

师傅走着，唱着歌，
在他的面前掠过了
多少行人、多少车马。
“啊！商羯罗[①]，啊！湿婆，
你赐给每人一个家，
却只许我走遍天涯。
安那普尔那女神[②]

① 商羯罗：印度教大神湿婆的另一称号。
② 安那普尔那女神：湿婆的妻子难近母的另一称号。

担负了哺育宇宙的重任，
使一切众生皆大欢喜；
喂！毗卡利[①]！你永恒的乞士！
却把我从女神身边
抢来做了你的奴隶。”

唱完了歌曲，
洗过了午浴，
师傅才在宫门外出现——
巴拉吉一旁侍立
恭敬地向他行礼，
把书信放在他的脚前。
师傅满心好奇地
从地上把它捡起，
仔细地读着那封书简——
希瓦吉，他的徒弟
在他莲花般的脚底
献上了自己的国土和王冠。

第二天，拉姆达斯

① 毗卡利：湿婆。

来到国王面前，
说：“孩子，告诉我，
如果你把国土献给我，
噢，你聪明能干的人啊，
那么如今你将如何？”
希瓦吉顶礼师傅说：
“把自己的生命献给你
愉快地做你的奴隶。”
师傅说：“好吧，
背上这只口袋
和我一同求乞。”

希瓦吉陪着师傅
手捧着乞食的钵盂
沿门挨户乞求供养。
孩子们看见国王
惊惧地跑回家去
叫出了他们的爹娘。
无限财富的所有者，
他发愿做个乞丐，
真是石头在水面上漂摇。
人们羞怯地给了布施，

手簌簌地发抖，
　心想，这是大人物在开玩笑。

碉楼上午炮响，
　停止了生活的熙攘，
　　人们全都午睡休息。
拉姆达斯虔敬地
　高唱着颂神曲，
　　　欢乐闪烁在泪水里——
“嗨！你三界[①]的主宰，
　你的心意我不明白，
　　一切归你所有毫无不足，
你却在人们内心深处
　伸出求乞的手，我的主，
　　乞求那一切财富中的财富。”

天色已晚，师徒们
　在城尽头堤岸边
　　河水里洗过晚浴。
煮熟了讨来的粥糜

① 三界：即天堂、人间和地狱。

师傅愉快地吃着，
也分了一些给徒弟。
希瓦吉笑着说：
“你曾把国王的骄傲杀死，
使他变成乞丐街头行乞；
我永远是你的奴隶，
如今你还有什么愿望，
受尽辛苦愿使师傅满意。”

师傅说：“那么听我说，
你既做了坚定不移的允诺，
如今且换个样子将担子负起。
我这样吩咐
把献给我的国土
你且重新收回去。
现在我任命你
做乞丐的代理——
国王原是卑微的托钵人。
你要尽国王的责任，
但要记着这是我的职务，
你做国王要像没有国土的平民。

“孩子，拿去我的
　这件赭色衣服
　　带着我的祝福，
苦行者的破布衣
　当作神圣的国旗
　　插上你的国土。”
身为国王的弟子
　坐在河边默默不语，
　　深深的思虑蹙上眉头。
牧童不再吹笛，
　牛羊成群归去，
　　太阳渐渐落在西山背后。

师傅拉姆达斯
　用黄昏的曲调
　　编唱着歌曲——
“把我装扮成国王
　留在尘世，你是谁
　　却想暗中逃避？
嗨，我心中的国王啊，
　我只坐在踏脚凳上，

宝座上放着你一双旧履[①]。

黄昏已经来临，

再要我等待多少时候呢，

你还不回到自己的国土去？”

1898年10月

① 旧履：据印度史诗《罗摩衍那》，十车王年老时受王妃要挟放逐了嫡长子罗摩，立庶出的儿子婆罗多为太子，心中忧伤，不久死去。婆罗多不满母亲的所作所为，誓不继承王位，他将罗摩穿过的鞋子放在王座上，一切典礼祭祀先在鞋子前举行，表示他的统治国土只不过代理他的长兄，罗摩的鞋子是王权的标记。在这里是替神行道的意思。

婆　罗　门[1]

萨拉斯瓦蒂河边苍茫的林荫里
落下了黄昏的太阳；隐士的弟子
头顶着柴捆回转安静的净修林；
疲倦的神牛眏动着深沉的眼睛
踱进牛栏；洗过晚澡，弟子们
环坐在师傅圣者乔答摩的足前。
茅屋的天井里祭坛上火光闪闪，
无边辽阔的天空里坐着一列列
繁星，一声不响像眨着好奇的
眼睛凝望着师傅的学生。圣者说：
“喂！孩子们，现在听我讲颂《吠陀》[2]。”
乔答摩的声音冲破净修林的寥寞。
　　　　　　　这时候，有一个
年轻的孩子走进天井，手捧着献礼，

① 这故事取自《歌赞奥义书》。

② 印度古典经籍有四部最重要的著作，叫作四《吠陀》，即《梨俱吠陀》《娑摩吠陀》《夜柔吹陀》和《阿闼婆吠陀》。“吠陀”是“智慧书”的意思。

他奉上鲜花蔬果，虔诚地礼拜着
圣者乔答摩的莲花似的双足说：
“师傅，我住在拘尸凯德罗，我的
名字叫苏陀伽摩，怀着学习《吠陀》的
愿望前来拜见师傅。”孩子的声音
清脆如黄雀，甜蜜像甘露。

乔答摩听了，微笑着
和蔼地对他说：“可爱的，我给你祝福。
孩子，你属于什么种姓[①]？你要知道
只有婆罗门才有权利诵习圣典《吠陀》。”
孩子低声说：
“师傅，我不知道自己属于哪个种姓，
请允许我，回去问了妈妈，明天再
来向您说。”

孩子辞别了师傅，
在浓密的黑暗里穿过林间小路，
渡过清澈的萨拉斯瓦蒂河，独自
转回家去。河滩上静卧着沉睡的
村庄，庄尽头是母亲的破茅屋。

① 印度有四大种姓，即婆罗门（僧侣、知识分子）、刹帝利（武士）、吠舍（商人）、首陀罗（奴隶、劳动人民）。前三个种姓自认为是高贵的再生种姓，把首陀罗视为贱民。

灯光闪亮在茅屋，
门外面遮婆罗伫望着儿子的归路。
苏陀伽摩走近她的身边，遮婆罗
把他抱在怀里，吻着他的头发
喃喃地给他祝福。苏陀伽摩说：
“告诉我，妈妈，谁是我的父亲？
我出身于怎样的家庭？我曾拜谒
圣者乔答摩，他对我说：‘孩子！
只有婆罗门才有权利诵习《吠陀》。’
妈妈，我的种姓是什么？”
听了孩子的话，
母亲的头低下，半晌轻轻地说：
“妈妈的青春被穷困盘踞着，
我曾经做过不少男人的奴隶。
你生在没有丈夫的女人的膝下，
妈妈不知道你的种姓是什么。”
第二天，
曙光潇洒地照耀在净修林的树梢，
圣者乔答摩的弟子们早已起床；
容光焕发如晨曦中晶莹的朝露，
虔诚圣洁如祈祷时流下的泪珠。
晨浴后皮肤发出红润的光泽，

头顶挽着湿漉漉的发髻。他们
环坐在榕树的浓荫下，围绕着
圣者乔答摩。百鸟轻声合唱着
欢愉之声，蜜蜂漫长地嗡营着，
潺潺的河水轻轻地打着节拍，
伴随着它们而起的是弟子们
各种幼嫩的嗓音有腔有韵地
背诵着虔诚动人的《娑摩吠陀》[①]
赞歌。

这时候，苏陀伽摩
来到圣者身边，躬身向他摸足致敬，
默然不响睁大了一双真诚的眼睛。
“愿你幸福，善良美丽的孩子，”
圣者乔答摩又重复昨晚的询问：
“你属于哪个种姓？”孩子仰起头说：
“师傅，我不知道我属于哪个种姓。
我问过母亲，母亲说：‘苏陀伽摩，
你生在没有丈夫的遮婆罗的膝下，
妈妈曾侍奉过不少男人——不知道
谁是你的父亲。’”

① 《娑摩吠陀》：意译为《歌咏明论》，是司祭们在祭祀时歌咏用的赞神歌的总集。

听了苏陀伽摩的话，
乔答摩的弟子像受惊的群蜂立刻
张皇失措——营营不休纷纷议论着。
有的讪笑，有的替他害羞，有的
骂着：“无耻的非亚利安贱种！”
为孩子的坦白深深感动，
圣者乔答摩离开坐席伸出双臂
把苏陀伽摩抱在怀里说：“孩子！
你不是一个非婆罗门，你属于
再生种姓里最高的种姓，你生于
一个从不欺骗人的婆罗门家庭。”

1893年2月

卖　头

再没有人比得上憍萨罗[1]国王，
他赢得大千世界一致的赞扬；
他是弱者的庇护人。
是穷苦百姓的爹娘。
愤怒燃烧在迦尸[2]国王的心里
　当他听到了这个消息；
"迦尸的人民——我的百姓
　竟把他看得比我还重？
卑微的弹丸小邦的君主
　竟比我更能普施广济？
什么信仰、喜舍、慈悲全是假的，
　这只是他对我的挑战与妒忌！"
迦尸王传令："将军！拔剑出来。
　集合全部人马出征！
憍萨罗王显然过分狂妄，

① 憍萨罗：古印度国名，在中印度境，波斯匿王之领地，即今俄得地方。
② 迦尸：古印度国名，在中印度境，憍萨罗之北邻，即今贝拿勒斯地方。

竟想超过我迦尸王的威望！”

迦尸王披上战袍走上战场——

战场上被击败的是憍萨罗王。

憍萨罗王羞惭地离开了国境

逃亡在遥远的森林里隐居起来。

迦尸国王坐上宝座

微笑着对他的臣僚说：

“谁有权力就能够保住黄金钱财，

也只有他的施舍才是无限慷慨！”

人们哭着说：“强暴的罗睺[①]

竟连明月也一口吞噬？

漠视品德的幸运女神拉克什米啊，

也只会趋炎附势！”

四面八方扬起一片哭声——

“我们失去了父亲！

我们憎恨那

与全世界的朋友为敌的人！”

迦尸王听了十分震怒：

“为什么京城里充满了愁云惨雾？

① 罗睺：星名，相传为蚀日月之星。又：神名，为阿修罗（魔鬼）之一种，能举手障碍日月，使诸天苦恼。

有我在这里，为了谁
　人们这样哭哭啼啼？
是我神武赫赫征服了敌国，
　如今倒好像是我败在敌人手里！
法典上原有明文规定：
　‘斩草除根，决不可放松敌人。’
曼特里[①]！快传旨在京城
　并向全国宣布——
生擒憍萨罗王的人
　国王将赐给他百两黄金。”
于是使者沿门挨户传布国王命令
　日日夜夜不敢稍停，
人们气愤地捂着耳朵
　战栗地闭上眼睛。

失国的憍萨罗王在森林里徜徉
　穿着又脏又破的粗布衣裳，
有一天，一个迷途的过客来到他面前
　含着眼泪求他指示方向：
“隐士啊，这座森林有没有边际？
　走哪条路才能到憍萨罗去？”

① 曼特里：即大臣。

侨萨罗王听了说：“那是一个不幸的国度，
是什么缘故驱使你到那个地方？”
过客说：“我是一个商旅，
货船被风浪打沉在海底，
现在我只是苟延残喘
伸出手来沿门行乞。
侨萨罗王是仁慈的海洋，
他的声名扬溢四方，
无依无靠的人从他那里得到庇护，
贫苦人在他的宫里得到怜惜。”
侨萨罗王的脸上掠过一丝微笑
泪水闪烁在眼睛里，
沉思了半晌，
深深地叹了一口气：
“我将指引你一条去路，
通向你所渴望的目的地
你来自远方受难的客人啊，
在那里将满足你的心意。”

迦尸王正在上朝，
来了一个蓬头垢面的隐士，
迦尸王含笑问道：

　“隐士，你到我这里为了什么事？”
“我是憍萨罗王，居住在森林里。”
　林中的隐士从容地说：
“请把百两黄金交给我的同伴吧，
　算是生擒我的赏格。”
大臣们个个吃惊，
　宝殿上一片寂静，
连那手执甲仗的侍卫
　也已眼光晶莹。
迦尸王沉默了片刻
　突然大笑着说：
“哦！你想用死亡来战胜我，
　这真是个高明的计策！
我要使你的希望成空，
　教今天的战场上，胜利属于我，
我将归还你的疆土，
　我的心也将向你归服。”
衣衫褴褛的憍萨罗王
　被扶上宝座，
迦尸王给他戴上王冠。
　百姓们大声欢呼着。

1898年10月

供 养 女[1]

频婆娑罗王[2]
跪在佛陀座下
求得一片趾甲，
把它供养在御苑深处，
珍重地在上面建起一座
庄严无比的大理石宝塔。

黄昏时，皇后和公主们
换上素洁的衣衫
捧着礼佛的金盘，
在塔下献上鲜花，
亲手点亮金盘里
一行行黄金灯盏。
阿阇世王坐上

① 故事见《撰集百缘经》。
② 频婆娑罗：意云“影胜”，他是佛在世时的摩竭陀国王，崇信佛法，后被其子阿阇世王幽囚于七重室内。

父亲的七宝座，
他用汪洋的鲜血
冲洗尽父王的佞佛，
把释迦牟尼的经典
献给了阿那罗①的烈火。

阿阇世王召集全体
宫廷妇女，对她们说：
“除了敬拜《吠陀》、婆罗门和国王，
宇宙间再不许你们有第二种信仰。
这命令必须牢记在心——
如不遵从，定有灾殃。”

在一个秋天的向晚——
净水沐浴后的
宫女师利摩蒂
照例捧着礼佛的金盘，
悄悄地来到太后座前，
默默俯视着她的脚尖。

太后恐惧地抖颤着申斥说：

① 阿那罗：印度教火神。

“国王宣布的禁令
莫非你竟敢违抗——
礼拜佛塔的人
不是死在矛尖，
就是流放远方。”
她悄悄地走进
皇后阿弥达的妆阁——
皇后刚梳起
拖地的长发，
正对着宝镜，专心地
在发缝里点染着朱砂一抹。

看见了师利摩蒂
皇后气得手指发抖
竟抹弯了发缝里的朱砂。
“蠢东西，胆量这么大！
竟敢带来敬佛的鲜花！
被人看见岂不可怕！”

公主苏格罗
独自坐在窗前，
趁着落日的光芒

正在默诵故事诗篇，
忽然听见门外脚镯声响
连忙从书本上移开视线。
她把迷人的诗篇抛在地上
慌忙跑到师利摩蒂跟前，
担心地在她耳边悄悄说道：
“国王的命令如今谁不知晓？
你这样不顾一切
只怕死罪难逃。”
师利摩蒂在宫里
走遍千门万户。
“姊妹们，时候到了，
我们要尽到敬佛的礼数。”
有人害怕，
有人诅咒。

白日最后的光芒
已从城楼上褪尽。
市声变得微弱，
路上断绝行人，
国王古老的神祠里
传出了一声声晚祷钟音。

秋夜透明的薄暗里
有无数小星闪烁。
宫门外响起了号角，
囚徒们唱起了晚歌。
“大臣的会议已结束”——
执甲的侍卫齐声高呼着。

就在这一刹那间
后宫卫士们看见：
国王幽静的花园里，
宝塔阴暗的石阶前，
骤然亮起一行行明灯，
好像光闪闪的黄金花鬘。

卫士们拔出剑来
飞奔着赶上前去。
“嗨！你是哪一个？
竟敢冒死供养佛陀！”
传来了甜蜜的声音：
“我是师利摩蒂——
佛陀的奴隶！”

那天白石的塔阶上
写下了鲜血的记录。
那天凉秋初夜里
寂寥的御苑深处
窣堵波[①]下熄灭了
最后的供养灯烛。

1900年9月

① 窣堵波：意为“塔”。

密　约[1]

曾经有一天，尊者邬波笈多[2]
酣睡在秣菟罗[3]幽僻的城根，
那时候，街灯已在风中熄灭，
城里的人家也都关紧了大门。
天空中有深夜的几颗小星
在雨季的浓云里闪烁。

是谁的脚镯叮当的纤足
突然轻轻地踏在他的身上？
尊者含惊地翻身坐起。
蒙眬的睡意立刻飞去——
刺痛他美丽的眼睛的
是亮闪闪一片灯光。

---

① 这故事见《菩萨譬喻鬘论》。这是一部记述菩萨在过去时代所修种种苦行的佛教故事书。

② 邬波笈多：人名，佛涅槃后一百年生，阿育王的师傅。

③ 秣菟罗：意云“孔雀”或“蜜”。地名，在中印度，城东五六里有山寺，为邬波笈多所造。

这城里的舞女，春情荡漾
深夜里急切地去欢会情郎，
她身上穿着一件天青色的衣裳，
镶嵌着珠玉的环佩叮咚作响。
一脚踏在尊者身上，瓦萨婆达多
停止了匆匆的脚步，无限惊慌。

手执着纱灯仔细端详
尊者是多么年轻漂亮——
红润的嘴唇上漂浮着温柔的微笑，
明亮的大眼里流露着慈祥的光芒，
丰满白皙的额头上闪耀着
月光似的一片宁静与安详。

眼睛里满含着羞涩
女人温柔动情地说：
“少年人，我请求你原谅。
为什么不可以到我家去？
这冷冰铁硬的湿地
不应该是你的睡床。”

邬波笈多尊者温柔地回答说：

“哦！美貌多情的姑娘！
如今还不到我和你密约的时期，
你且去你要去的地方，
等到时机成熟的那一天，
我会亲自走进你的闺房。”

骤然间暴风雨在闪电里
张开了狰狞可怕的巨口，
瓦萨婆达多在恐怖中瑟瑟发抖；
毁灭宇宙的狂风在空中呼啸，
天上隆隆的雷霆大声地
发出一阵嘲弄人的狂笑。

距那次相见，
还不到一年。
又是一个四月的黄昏，
春风变得更为温情迷人，
路边树枝上缀满了花蕾，
御苑里盛开着茉莉与素馨。

远方吹来的轻风
送来婉转醉人的短笛声，

倾城的男男女女
都到秣菟罗林中去欢度迎春，
只有天上一轮微笑的明月
凝视着寂静无声的空城。
月光下行人稀少，
尊者独自漫步在林间小道。
头顶上绿叶丛中
杜鹃在一声声婉转啼叫。
莫非今夜正是
他欢会情人的良宵？

远离了城市，
尊者向城外走去，
他突然在护城河边停步不前，
那女人是谁呢？
独自躺在芒果林的阴影里
正在邬波笈多的脚边？

无情的鼠疫猖獗地蔓延，
瓦萨婆达多也受了传染，
雪白的肌肤上
布满了漆黑的斑点，

被城里的居民
丢弃在护城河边。

尊者把昏迷了的女人
轻轻放在自己的膝头，
用清水润湿了她干渴的双唇，
在头前为她低颂着经咒，
又亲手在她的全身
抹上了清凉的檀香油。

月夜里飘落着盛开的花朵，
枝头的杜鹃声声地悲啼着。
女人轻轻地说——
“你是谁？这样慈悲？”
尊者回答说：“瓦萨婆达多，
是邬波笈多今夜特来和你相会。”

1900年9月

报　答

“御库里竟出了盗案！把匪徒
立刻捉来带到我面前；不然，
小心身首异处吧，守城官！”
守城官奉了国王的命令，大街
小巷挨家挨户四出搜查贼人。
城外破庙里蜷卧着瓦季勒森——
一个商人，德克西拉的居民。
为卖马来到迦尸，遭到强盗的
洗劫，正失望地打算回故乡去。
巡逻们捉住了他，硬说是匪徒，
加上枷锁，要把他带进监狱。

这时候，夏玛——迦尸的美女，
正坐在窗前懒洋洋地闲望着
街上的洪流——眼前梦一般的
人群的来去。忽然她吃惊地

喊道："哎呀，这因陀罗[1]一样
高贵美貌的少年，是谁把他
像强盗贼似的锁上沉重的铁链?
快去，啊，亲爱的使女，
用我的名义告诉守城官——
说夏玛请他呢，请他光临
寒舍把囚徒带到我的面前。"
夏玛名字的魔力如同符咒，
受宠若惊的守城官听了这
邀请，快乐得毫毛发抖。
他立刻走进房门，背后是
罪犯瓦季勒森——两颊涨得
通红，羞愤地低垂着头。
守城官笑着说道："真不凑巧，
在这个时候奉到您的宠召；
现在，我必须回复王命去，
美丽的姑娘，我请求你允许。"
瓦季勒森突然抬起头来说道：
"喂，女人，你耍的什么把戏！
从路中心把我牵到你家里，
嘲弄这无辜受辱的异乡人

① 因陀罗：或译雷天，印度吠陀神话中众神之长，掌管雷雨，貌俊美。

来满足你冷酷无情的好奇！”
“嘲弄你！”夏玛叫道，“我情愿
献出全身珠宝换取你身上的
铁链。远方的青年啊，如今
污辱你就等于污辱我自己。”
这样说着，夏玛的睫毛上闪着
泪珠的一双眼睛凝望着异乡人
似乎要把他所受的污辱用泪水
洗去。她转身对守城官请求说：
“拿去我的一切，释放这囚徒吧。”
守城官说：“美人啊，你的要求
我不得不拒绝。抢劫了国库，
不杀人怎能平息国王的愤怒？”
握紧了守城官的手夏玛低声说：
“我只请求你对这犯人缓刑两天。”
守城官对她会心地微笑着轻轻
说道：“你的吩咐我将铭刻心田。”

第二晚的夜尽时分，狱卒轻轻
打开了牢门；夏玛手执着纱灯
走进监牢，黎明将被处决的
瓦季勒森正在低颂着神名祈祷。

女人暗示地目光一闪，狱卒
立刻前来打开了囚犯的铁链。
瓦季勒森不胜惊奇地呆望着
女人莲花似的无比美丽的脸，
他哽咽着低声说："你是谁?
给我带来光明，正像黎明在
噩梦谵语之夜过后带来晨星。
你是谁?啊，你自由的化身，
残酷的迦尸城中慈悲的女人!"
"慈悲的女人?"夏玛惊叫着发出
一阵狂笑，阴森可怕的监牢里
惊起了一阵新的恐怖与纷扰。
女人一再狂笑着又继以哭泣，
伤心的泪珠跌落如一阵骤雨。
女人呜咽着说道："夏玛的心
比迦尸街心的石头更加铁硬，
比夏玛更无情的人再也没有。"
女人说着紧紧握着犯人的手臂
把瓦季勒森从牢狱里带了出去。

曙光一线，闪烁在瓦鲁纳河岸。
小船系在渡口，女人站在船头——

“喂，上船来，不相识的青年，
我只有一句话请你记在心头——
挣脱了一切羁绊，最亲爱的，
我和你同船在这条河上漂流。”
解开系船的绳索，小船轻轻地
滑动着，林鸟低唱着欢娱之歌。
把夏玛抱在怀里，瓦季勒森说：
“亲爱的异乡女友，告诉我，你
花了多少财产买得我的自由？”
紧紧拥抱了他，夏玛悄悄地说：
“别作声！现在还不到说的时候。”

小船在炙人的热风里顺流漂荡，
正午的天空中升起酷热的太阳。
洗过午浴穿着湿衣的村中妇女
头顶着汲水的铜罐正走回家去。
市集已散场，人声喧哗已停息，
孤寂的村路默默闪耀在阳光里。
榕树浓荫下有青石砌成的渡口，
饥渴的水手在那里停泊了小舟。
这时候，鸟雀躲在树阴里午睡，
慵懒的蜜蜂营营着倦人的长昼。

忽然，一阵带着稻香的正午的
热风掠过，吹下了夏玛的面纱；
瓦季勒森心跳着，声音窒息地
在她耳边说："亲爱的，知道吗，
就在你给我打开铁链的那一刻，
又给我戴上了永恒的爱的枷锁？
你如何完成解救我的艰难工作，
亲爱的，请告诉我其中的经过。
你为我做了什么，我发誓要以
生命来报答。"夏玛掩上了面纱，
轻轻回答说："现在且不来谈它！"
白昼的光船卷起了金色船帆，
缓缓地驶向远方日落的口岸。
靠近岸上是一片森林的河边，
晚风里，停下了夏玛的小船。
无波的水面上闪烁着初四的
纤纤月影，树根下的幽暗里
抖颤着琴声似的蟋蟀的低鸣。
夏玛熄灭了灯光，默默坐在
窗口，头倚在青年的肩上。
她的蓬松的长发散发着异香
掩盖着青年的胸膛，滑软如

波浪，漆黑像一面睡眠的丝网。
她低声说："我为你所做的事
真是非常艰巨，但要告诉你，
最亲爱的，更是十分不易。
我只简单地告诉你，你听了
千万要立刻把它从心中抹去。
是那个疯狂地单恋着我的
少年乌蒂耶，在我的吩咐下
代替你承担了那桩盗窃案，
用他的生命作了爱情的献礼。
这是多大的罪恶，我的知己，
我这样做，只是为了我爱你。"

纤月西坠，森林背负着千百鸟雀的
睡眠沉沉矗立。那环抱着女人的
腰肢的爱人的双臂，慢慢地松缓，
分离的残酷悄悄地沉落在两人中间。
瓦季勒森沉默着如一尊冰冷的石像，
夏玛像折断了的藤蔓一样倒在地上。

忽然，女人抱紧了青年的膝头，
跪在他的脚边，哭着低声哀求：

“这罪恶的严厉惩罚，且让它留在
上帝的手里吧，我为你才做了
这样的事！爱人啊，原谅我吧！”
移开他的脚，瓦季勒森大喝道：
“用你罪恶的代价买取我的生命，
这生命真是多么应该被诅咒！
无耻的女人！可耻生命的债主！
你给我每一呼吸都带来了耻辱。”
他跳下船，登上岸，走进森林里。
黑暗里，枯叶在他脚下沙沙作响，
腐草散发出扑鼻的霉烂气息，
老树向四方伸展着无数杈桠的
树枝，形成的黑影万怪千奇。
他行行重行行，直到路已不通——
整个森林伸出缠满乱藤的手臂，
暗中默默地阻拦着他再向前走去。
他疲倦地坐在地上休息，那像
幽灵一样站在他背后的是谁呢——
那一声不响，一步步追踪前来，
在漆黑的长途中留下血淋淋的
脚迹的？瓦季勒森握紧拳头
嚷道：“你还不放我过去？”女人

闪电般飞来，扑到他的怀里，
她的蓬松的头发，馨香的衣裙，
急喘的呼吸，雨一般的密吻
像洪水一样淹没了他的身体。
夏玛哭着说："我不离开你，不，
我不离开你。为你我犯了罪，
惩罚我吧，我的主人，假使你
愿意，杀死我，用你自己的手
来结束我的罪恶。"突然，黑夜
在透不进星辰的森林里发抖，
地下弯曲的树根也恐惧地战栗。
窒息中挤出了一声绝望的叹息，
之后，有谁跌倒在地上枯叶里。

瓦季勒森从森林中走出来的时候，
第一道晨光正射在远方湿婆庙顶。
整个早晨，他像疯子一样茫然地
在河边寂寥的沙滩上徘徊不停。
正午燃烧着的阳光，火鞭一样
抽打着他的全身，他口渴难忍，
却不知道喝一口眼前滚滚的河水。
他不理睬汲水村女怜悯的招呼——

“请到我家休息吧，你远方的客人。”
晚上，他疲倦不堪地奔回小船
像飞蛾怀着热切的希望扑向灯火。
啊！小床上，横着一只玲珑的脚镯！
他一次又一次地把它紧贴在胸口，
那镯上金铃的细响也一次又一次
像箭一样刺进他的心窝。船角里
放着一件蓝色纱丽，他扑在上面
把脸埋在皱褶里——那丝的柔软。
不可见的香气，不自主地使他
勾起那可爱、动人的身材的回忆。
晶莹的初五的纤月，慢慢躲在
七叶树的后面，瓦季勒森伸手
向森林呼唤：“回来吧，亲爱的！”
森林的浓密的黑暗里有人影
出现，幽灵似的独立在沙滩。
“来，亲爱的！”“我已经回来了，”
夏玛扑在他的脚前说：“原谅我，
最亲爱的，你那慈悲的手不曾
将我杀死，想是我命不该绝。”
瓦季勒森望着她的脸，伸出
双手把她抱在怀里，突然一阵

战栗，又用力把她推得远远的。
他惊叫着："哦，为什么，哦，
为什么你又回来？"闭上眼睛，
把脸掉开，轻轻说："走开吧！
不要跟着我。"女人沉默了片刻，
于是跪在地上向青年摸足行礼，
然后向岸边走去——像梦一般地
渐渐消失在森林中的黑夜里。

1900年9月

轻微的损害

腊月里，寒风吹起
　瓦鲁纳河清澈的涟漪。
远离城市的乡村里，寂静的
芭蕉林中，石砌的堤岸上
走来了迦尸的皇后格鲁那，
　一百名宫女簇拥着正去沐浴。

在国王的禁令中，清晨的
　河堤上不见人影；
住在附近几座茅屋里的
人们早已回避，河边
一片岑寂，只有树林中
　鸣啭着鸟雀的轻啼声。

瓦鲁纳河水翻滚在
　轻轻喧啸着的北风里，

水面上闪耀着金色的阳光，
欢乐地跳跃着的层层波浪，
像狂舞着的舞女飘荡着
　缀满耀眼珠宝的裙裾。

女郎声音的甜蜜
　羞赧了浪花的私语；
莲藕似的美丽的手臂
搅起了河水缠绵的情意；
青天不安地俯视着水中
　纵情欢笑的一百个宫女。

洗完了澡，女郎们
　登上了堤岸——
皇后说："哦，真冷！
我的全身都在发抖，
生起火来吧，朋友，
　让烈火驱除严寒。"

女郎们走进树林
　搜集柴草准备燃火，
她们欢乐地拉着

树枝争争夺夺；
忽然皇后召唤着大家
　惊喜地含笑说：

“你们来呀！看那边
　是谁的茅屋就在眼前？
你们把它点起火，
让我暖和一下手和脚。”
皇后兴奋地说着笑了，
　笑得和蜂蜜一样甜。

宫女马乐蒂温柔地说：
　“皇后！这是无益的戏谑。
为什么要放火把它烧毁，
修造这茅屋的知道是谁？
可能是穷人，或者异乡作客，
　也许是修道的隐居者。”

皇后说：“抛过一边去
　这廉价的慈悲心肠！”
难以制止的好奇心，
疯子一样的狂妄，

把茅屋点起火的是这些
　残忍的年轻女郎。

浓烟旋卷着旋卷着
　喷吐四散。
只一刹那间，浓烟里
迸出了闪亮的火花，
烈焰伸出千百贪馋的
　舌头遮住了青天。

像一群愤怒的火蛇
　逃出撕裂的地狱，
头颈舞动着伸向天空
发出嘶嘶的咆哮声，
毁灭在女人耳边疯狂地
　吹奏着燃烧曲。

晨鸟惊惧地停止了
　欢快之歌。
阵阵乌鸦呱呱地啼叫着，
北风加劲地吹着——
茅屋接连着茅屋延烧起

熊熊的大火。

毁灭的馋舌舔净了
河边的小村庄。
冷清清的路上，腊月的清晨里，
带着欢乐的疲倦，伴着百名宫女，
皇后归来了，青莲花拿在手里，
深红的纱丽穿在身上。

法庭里审判的宝座上
端坐着大地之主。
无家可归的人一队队走来，
恐惧地在他的脚前匍匐，
抖战着结结巴巴地
诉说他们的痛苦。

国王把头低下——
羞愤涨红了面颊。
他离开法庭，来到后宫，
质问皇后说："这算干什么！
烧毁穷苦百姓的房屋，
说吧！是依据谁的律法？"

皇后冷笑着说道：
“难道那也配叫作房屋！
烧掉了几间破草房
对他们会有多少损伤？
皇后一霎的欢乐不知要
　消耗多少黄金财富。”

国王大声说——心中
　塞满了愤怒之火——
“只要你还是国王的妻子，
烧毁茅屋对穷人是多大的损失
我知道你对这毫无所知；不过，
　我会使你明白你的罪恶。”

国王吩咐侍女脱去她
　华丽的衣裳；
无情地剥下了那件
深红色耀眼的纱丽；
拿来了女丐的破衣
　披在皇后身上。

国王把她拉在路边说：

　“去做讨饭的乞丐；
直到有一天你能把那
在你片刻的狂欢里
毁掉的几间破茅屋
　重新修建起来。

“我给你一年的期限，
　期满你再回来，
恭敬地站在法庭里，
当众宣布，那破旧的
茅屋的毁坏对穷人
　究竟是多大的损害。”

1900年10月

价格的添增[1]

腊月的夜晚分外寒凉，
一片残荷的枯梗败叶
在无情的严霜里摇荡；
卖花人善奴的池塘里
却有白莲一朵
盛开在水中央。

卖花人采下白莲，
来在宫门外，
想求见国王，
把它善价出卖。

这时候，有一个长者，
看见莲花，心生喜悦。
他说：“你要多少钱？

① 这故事见《撰集百缘经》之《王家守池人花散佛缘》，但内容大有出入。

我要买你这晚开的白莲。
今天，佛陀在城里说法，
我要把花献在他的座下。”
善奴说：“一两黄金，
我情愿卖掉它。”

长者正要付钱，忽然
眼前一派气象庄严——
侍从们捧着檀香花冠，
波斯匿王[①]高颂着梵赞，
为参拜佛陀，他突然
清晨在宫门外出现。

这晚开的一朵白莲，
吸引了波斯匿王的视线。
他问道：“你要多少钱？
我要把它献在佛陀脚前。”

卖花人回答说：
“啊！国王陛下！
给了一两金子的代价，

① 波斯匿王：佛在世时的舍卫国君主，传说他与佛同日生。

这位长者已经买下它。”
“十两黄金我买它”——
吩咐着国王陛下。
长者说：“二十两
黄金卖给我吧！”
他们谁也不肯让步，
同声唤着：“我要买它！”
白莲花的价格
于是逐渐增加。

卖花人善奴暗自思想：
为了谁他们这般争吵？
我若把花卖给那个人，
岂不是更要得利不少？

于是善奴合掌恳求：
“请陛下、长者原谅，
这朵花我不想卖了。”
卖花人向林中奔跑——
那里佛天常住，
园中光明普照。

佛陀端坐在莲座上，
显示明净愉悦妙相。
他目光宁静似清泉，
慈悲的微笑闪在唇边。

卖花人凝望着
佛的妙相庄严，
目不转睛默默无言。
忽然他五体投地
把那朵晚开的白莲
献在佛莲花似的脚边。

佛微笑着慈祥地问询：
“善男子！说出你的心愿。”
善奴惊慌地回答说：“世尊！
我只要你脚上的灰尘一点。”

1900年10月

比　丘　尼[1]

当时，大灾荒的
室罗伐悉底[2]城里。
到处是一片灾民
嗷嗷待哺的悲啼。
佛向自己的门徒
一一地低声问询：
“你们谁愿意负起
救济灾民的责任？”

珠宝商人悉多
合掌顶礼佛陀，
他沉思了半晌
最后才低声说：
“全城在饥寒里。

① 这故事取自《如意树譬喻鬘论》，这是一部用韵文写成的佛教譬喻故事。内容一部分是从《撰集百缘经》改作，一部分从别的书中取材而成。

② 室罗伐悉底：即舍卫城，古中印度境憍萨罗国之都城。

主啊！我哪有
救济它的能力？”

武士胜军接着说：
“为执行你的命令
我愿意赴汤蹈火，
甚至于剖开胸膛
献出鲜红的热血。
但是，我的家里
竟没有粮食一颗。”

法护是个大地主，
他对佛叹气诉苦：
“赶上了这种荒年，
我的黄金的田园
都变作荒芜一片。
我已是这样穷苦，
交不上皇家税赋。”

你望着我，我望着你，
佛的弟子们默默不语。
释迦佛殿里一片寂静，

面向着那受难的灾城
佛大睁着黄昏星似的
一双明亮慈悲的眼睛。

给孤独长者的女儿
低垂着头羞红了脸，
眼含着痛苦的泪水
匍匐在释迦的足前，
谦恭而坚决地低声
诉说着自己的心愿——

“无能的善爱比丘尼
愿满足世尊的心意。
哭喊着的那些灾黎
他们全是我的儿女，
从今天起，我负责
救济灾民供应粮米。”

这话使大家全都惊异——
“你比丘的女儿比丘尼
多么狂妄，不自量力！
竟把这样艰巨的事业

揽在肩头想出人头地。
如今你的粮食在哪里？”

她向大家合掌致敬说：
“我只有个乞食的钵盂。
我是一个卑微的女人
比谁都无能的比丘尼，
因此完成世尊的使命
全靠你们慈悲的赐予。

“我的丰满的谷仓设置
在你们每个人的家里，
你们的慷慨会装满我
这个取之不尽的钵盂，
沿门募化得来的粮食
将养活这饥饿的大地。”

1900年10月

不忠实的丈夫[①]

圣者克比尔[②]虔诚的声誉传遍了全国各地，
他的茅屋里聚集着来自四方的善男信女。
有人说："世间真有神在吗？请你作见证。"
有人说："请为我诵经，驱逐我的疾病。"
有人说："请显示你天神般的法力。"
不孕的女人哭着说："请使我生育。"
克比尔含着泪合掌乞求大神诃利[③]：
"你使我降生在卑贱的穆斯林家里——
我以为没有谁会到我的身边来，

---

① 这故事取自《敬信鬘》。

② 克比尔：印度宗教改革家，诗人，生于贝拿勒斯。父亲是伊斯兰教徒，他却在幼年即皈依印度教大师罗摩南达（15世纪初印度教改革家）为弟子，他反对虚伪的宗教仪式，反对职业的僧侣，他认为念珠不过是木头做成的，神像不过是冷冰的石块，罗摩与克里希纳不过是死去了的人，《吠陀》与《古兰经》不过是空话；剃头匠，洗衣妇，木匠比僧侣更容易接近上帝。他追求真理，追求爱。真理只有一个，因此"上帝是唯一的，不管你把它当作罗摩和安拉敬拜都可以"。他的教义遭到顽固婆罗门的反对，约在1495年当他将近六十岁的时候被逐出贝拿勒斯，一直在北印度各地流浪，1518年在玛加尔逝世。他并不是一个出家人，他有家庭，以织布为业；也没有受过很好的教育，但写过不少淳朴动人的宗教诗篇。泰戈尔曾把他的诗译成英文。

③ 诃利：即印度教保护神毗湿奴。他有一千个称号，诃利是其中的一个。

只有你慈悲地背着人与我同在。
你耍的什么把戏啊！捉弄人的诃利！
引世人到我家里，莫非你想离我远去？”

城里所有的婆罗门气愤地互相商量：
“真荒唐，人们竟崇拜异教徒的织布匠！
这真是充满罪恶的世界末日已来临，
不挽回狂澜，那是婆罗门放弃责任！”
于是，婆罗门和一个妓女定下诡计，
秘密地给了她指示，金币递在她手里。

有一次，圣者克比尔卖布来到市集，
突然人丛里有女人拉住他哭哭啼啼。
“喂，你狡猾的骗子，太没有良心，
为什么这样暗地里欺骗善良的女人？
抛弃无罪的我，假冒伪善装作僧侣！
少吃无穿，我容颜憔悴，肤色如漆。”

近旁的一群婆罗门假装着盛怒难忍：
“好个玷污宗教欺世盗名的出家人！
你安受供养，却撒沙土在诚实人的眼里，
使这柔弱可怜的女人饥寒交迫沿门行乞。”

克比尔说："我是有罪的，到我家去吧，
我有粮食，女人，为什么叫你挨饿呢？"

克比尔恭敬地把坏女人带回自己家里，
温和地对她说："是诃利大神派你来的。"
这时候，女人羞惧、悔恨地低声哭泣：
"贪心使我犯罪，我将在你的咒诅中死去。"
克比尔说："尊敬的母亲，别怕我因此而怨恨，
你给我带来的诽谤，是我头上最好的装饰品。"

唤起了女人的觉悟，赶去了她心中的邪念，
克比尔教给她以甜蜜的声音低颂着梵赞。
消息传遍四方——伪善的克比尔，虚假的虔诚；
克比尔听了说："是的，谁都比我值得尊敬。
如果能登彼岸，身后的荣誉又何足留恋？
神啊，如果你在上面，我甘愿比谁都低贱。"

国王听到了圣者的赞歌，派来了使者。
克比尔拒绝前往，摇着头对使者说：
"我远离一切可敬的人，在屈辱中隐遁，
像我这样的废人，不配做宫廷里的装饰品。"
使者说："圣者不肯前去，我们将遭不幸，

你的声誉，引起了国王渴望见你的心情。”

宝殿上坐着国王，两旁站满一列侍从；
女人紧跟在背后，圣者克比尔走进宫廷——
有人窃笑，有人皱眉，有人厌恶地低下头。
国王心想：多么无耻，竟有女人跟在身后！
他目光一闪，侍卫们把出家人赶出宫殿，
克比尔恭敬地带着女人回转自己的家园。

途中尽情欢笑着的是那些婆罗门，
他们用难堪的话嘲笑咒骂着出家人。
这时候，女人哭泣着在圣者脚前拜倒：
“为什么你要把我拯救出罪恶的泥沼？
为什么甘受诽谤，留罪人在你门内不放？”
克比尔说：“母亲，只因你是诃利的恩赏。”

1900年9月

丈夫的重获[1]

有一天杜尔西达斯[2]在恒河岸边
　　荒凉的火葬场里，
黄昏时候，独自徘徊着沉醉于
　　自己编制的歌曲。
他忽然抬头看见，在亡人的脚底
　　端坐着一位萨蒂[3]；
决心要和她的丈夫在同一把
　　烈火中死去。
女伴们不断地以鼓舞的欢呼赞叹
　　她征服死亡的胜利，
婆罗门祭司围绕在四周朗诵着歌颂
　　她的至善品行的诗句。

忽然女人看见，杜尔西来在面前，

① 这故事取自《敬信鬘》。
② 杜尔西达斯（1532—1623）：印度宗教改革家，诗人。
③ 萨蒂：丈夫死后和丈夫一同焚身的妇女。

她慌忙行礼
恭敬地说道："主啊，愿你的金口
给我指迷。"
杜尔西问道："母亲，到哪里去呢，
这样地气象庄严？"
女人说："和丈夫一同升入天堂——
这是我的心愿。"
"为什么舍弃尘世，要到天堂去？"
杜尔西笑着说：
"喂，母亲，难道天堂属于神，
尘世竟不是他的？"

不了解他的话，女人呆望着
无限迷惘惊诧——
她合掌请求："如果能得到丈夫。
天堂就随去吧！"
杜尔西笑着说："请回转家去。
我这样吩咐你，
从今天起一个月后你将获得
心爱的夫婿。"
女人满怀希望离开了火葬场
走回家去，

杜尔西不眠地沉思在恒河岸边
　　寂静的深夜里。

女人虔诚地独自等待在
　　冷清的空房里，
杜尔西每天前来传授她
　　潜修的经句。
一个月的期限已满，邻居们
　　来到她门前，
问道："获得了丈夫？"女人说：
　　"唔，那是当然。"
邻居们慌忙又问："快告诉我们，
　　他在哪间屋里居住？"
女人微笑着说："我的丈夫居住
　　在我内心深处。"

1900年9月

点　金　石[1]

瓦林达般的耶摩那河边
　萨那坦[2]正在虔诚地默诵梵赞，
一个婆罗门穿着褴褛的衣衫
　蹒跚地走来跪倒在他的脚前。
萨那坦问道："你来自何处？
　婆罗门，你叫什么名字？"
婆罗门回答说："真不知道从何说起，
　为参拜你，我来自遥远的小城市；
我是摩那伽尔镇的吉般，
　小镇所属的县名叫巴尔特曼；
世界上再也找不出一个人
　像我这样的不幸和可怜——
我有几亩薄田，收入却不能糊口，
　贫困使我在人前不敢抬头。

① 故事取自《敬信鬘》。

② 萨那坦（1484—1558）：是胡森·沙哈朝廷的大臣，后皈依孟加拉偏入宗（信奉克里希纳[黑天]的宗派）宗师柴月耶，弃官在瓦林达般苦修。为当时的梵文学者及诗人。

从前我会以布施和贡献牺牲著名，
　如今我两手空空，一无所有。
为了使贫困变为富庶
　我曾向湿婆大神乞求赐福；
一天黎明前在梦里我听到
　湿婆吩咐：‘我将满足你的祷祝——
去到耶摩那河岸。
　顶礼苦行者萨那坦的双足，
尊敬他如你的父亲，
　在他的手里有你致富的道路。’”
萨那坦听了他的话心中忧急——
　“出家人能有什么呢？
昔日的一切我早已全部捐弃——
　只剩下个乞食的钵盂。”
忽然一件事爬上他的记忆，
　苦行者说：“噢，是的，
有一天我曾在这河岸上
　拾到一块点金石。
我把它埋在那边沙滩里——
　想到将来用它做布施；
喂，婆罗门，把它拿去。
　你的不幸会立刻消失。”

婆罗门连忙跑去扒开沙土
　找到了那块点金石，
他在两只避邪锁上试一试，
　立刻铁锁变成黄灿灿的金子。
婆罗门惊诧地坐在沙滩上——
　困惑地独自沉思默想，
耶摩那河里的滚滚波浪
　大有深意地在他耳边歌唱。
河对岸展开一幅朱红的图画——
　西方正落下黄昏里疲倦的太阳，
婆罗门突然跪倒，眼泪汪汪地
　额头紧压在萨那坦的脚上：
“师父啊，恳求你——传授我
　睥睨珍宝，轻视黄金的秘密！”
婆罗门一边说着一边把
　点金石扔在耶摩那河水里。

1900年9月

被俘的英雄[①]

五河环绕着的英雄之邦[②]
辫子盘在头上的锡克[③]
响应古鲁[④]的号召站起来了——
不屈不挠，勇敢、坚强。
“古鲁琪[⑤]万岁”的欢呼
在旁遮普四方回荡；
新觉醒的锡克
不转瞬地凝望着

---

① 1526年波斯的统治者巴布尔侵入印度，建立了莫卧儿帝国，统治印度约二百年之久，其间印度人民曾不断举行起义，1710至1716年锡克教徒的起义具有特别巨大的规模，这次起义的领导者是农民般达。般达是锡克教第十四位祖师戈宾德·辛格的弟子，戈宾德死后，般达成为锡克教的领袖。他把农民团结在反对剥削、推翻异族统治的旗帜下。这次的起义失败了，1715年般达被俘，但也给了莫卧儿帝国以沉重的打击，此后旁遮普实际上脱离了莫卧儿帝国的统治。

② 五河：印度旁遮普省，有苏特来吉、贝阿斯、季纳布、拉维和哲龙五条河流过，称五河之邦。

③ 锡克：即锡克教徒。锡克教是那那克祖师（1469—1538）所创立。他原是印度教徒，但反对印度教的种姓制度、繁缛的宗教仪式和偶象崇拜，因而倡一神之说。

④ 古鲁：先生、导师的意思，这里是锡克教祖师的专称。

⑤ 琪：先生、大人的意思。

清晨里新升起的太阳。
"阿拉克·尼朗姜[1]"——
一声欢呼拉断了
奴隶脚下的铁锁、绳缰。
腰间的宝剑也仿佛
在欢乐里锵锵跳荡。
旁遮普到处震响着——
"阿拉克·尼朗姜！"

终于来到了这样的一天——
千万人的心中不再被恐怖盘踞，
也不再牵挂什么未偿的债务[2]；
生与死只是脚下的奴仆，
精神上再没有烦恼痛苦。
在旁遮普五条河的十个岸边
终于来到了这样的一天。

德里的皇宫里

① 阿拉克·尼朗姜：锡克教胜利的呼号。意思是无形无影，无往不在，毫无瑕疵的神——真理。

② 债务：印度人一般相信，人一出世便对圣者（大仙）、天神及祖先欠下债，要以修梵行、供养、祭礼、传宗接代等义务来偿还。

巴德沙贾达[1]的睡眠
一再从眼中飞去——
是谁的欢呼惊天动地
撕毁了深夜的沉寂？
是谁的熊熊火炬
染红了远处的天际？

英雄们的鲜血
洒在五河岸上——
战士们的生命像鸟儿
成群地飞回鸟窝一样
飞离了千千万万
被利刃刺穿的胸膛。
母亲——祖国的眉心里
有鲜红的圣痣辉煌，
英雄们的鲜血
洒遍在五河岸上。

在死亡的拥抱中
莫卧儿和锡克交锋。
战场上进行着生与死的搏斗

① 巴德沙贾达：波斯语，伊斯兰教王子，此处指莫卧儿王朝的君主。

双双掐紧对方的喉咙——
正像巨蟒恶斗着
负伤的苍鹰。
在那天的激战里
轰响着一片喊杀声——
低吼着“古鲁琪万岁”的
是锡克族的英雄，
在血泊中高呼着“胜利”的
是疯狂的莫卧儿士兵。

在这次战争里
锡克的首领般达
成了莫卧儿的俘虏，
像雄狮戴上锁枷
被捆绑着带上
通向德里的大路。
唉！般达在这次战争里
成了莫卧儿的俘虏。

前面走着莫卧儿军卒
扬起了路上的尘土，
枪尖上挑着被割下的

锡克英雄的头颅，
后面跟着七百个
铁索锒铛的锡克俘虏。
大街上断绝了行人，
只家家大开着窗户。
不怕死的锡克俘虏
高呼着：“万岁，古鲁。”
锡克的英雄和
莫卧儿的军卒，
今天，扬起了
德里大街上的尘土。

俘虏们一个个
高呼着“万岁古鲁琪”
在刽子手的刀下
从容就义。
一天一夜里，
一百个英雄的
一百个头颅落了地。

七天七夜里七百个
生命在刀下完结。

最后，审判官把
捆绑着双手的般达的
儿子拉在般达身边，
说："杀了他！用你
自己的手把他消灭。"

没有说一句话，
般达慢慢地把
孩子拉在胸前。
伸出右手放在孩子
头上给他祝福，
又吻了一下孩子
红色头巾的边沿。

匕首紧握在手中，
般达凝望着孩子的面孔。
他悄悄地在孩子的耳边说：
"高呼一声'古鲁琪万岁'！
我的好儿子，害怕的
不是锡克教的英雄！"
孩子的嫩脸上闪耀着
勇敢无畏的光辉，

口里高呼着：“古鲁琪万岁！”
法庭里回荡着孩子的呼声，
孩子凝望着般达的面孔。

般达用左臂
揽着孩子的头颈，
右手用力地把匕首
刺进孩子的胸口。
地面上倒下了
孩子的身体，
孩子口里高呼着：
“胜利，古鲁琪！”

法庭里一片死寂。
刽子手用烧红了的
火箸扯碎了般达的身体。
英雄屹立着死去——
不曾发出一声痛苦的叹息。
旁观的人闭上了眼睛。
法庭里是一片死寂。

1900年10月

不屈服的人

那时候，奥朗则布[1]
　正蚕食着印度的锦绣河山——
有一天，马鲁瓦的国王
　佳苏般特前来朝见：
“陛下，在一个漆黑的夜晚，
　有人埋伏在阿遮勒堡壕沟里
悄悄捉住了西鲁希王苏罗坦——
　他现在是我宫廷里的囚犯。
我的主人，请你吩咐，
　对于他，你希望怎样惩办？”

奥朗则布听了说：
　“真是不可思议的消息！
费尽时光居然捉到了
　这惊人的霹雳。

① 奥朗则布（1618—1707）：莫卧儿王朝第六代君主，他在位期间是莫卧儿王朝最后全盛时期。

他率领着几百山国健儿
驰骋在高山丛林里，
这位拉其普特[①]英雄像沙漠中
　耀眼的彩虹一样飘忽来去。
我要召见他——
　派使者带他到这里！”

于是马鲁瓦国王佳苏般特
　低头合掌请求说：
“禁锢在我宫廷里的
　是一只刹帝利种姓的幼狮，
陛下要见他——
请先恩准我的请求吧：
对于这年轻的武士
　绝对不要侮辱和轻视。
我将亲自陪他前来，
　如果陛下允许。”

奥朗则布微笑着回答说：
　“你说的是什么话，

① 拉其普特：居住在拉其普他拿（印度西部印度河以南地方，现在的拉其斯坦）地方的一个勇武善战的民族。每一个拉其普特都以战死疆场为荣。

聪明无比的英雄
　马鲁瓦的国王啊！
我的心里感到害羞，
因为这话出自英雄的口。
自尊的人谁能够
　损害他的尊严？
告诉你，不必担忧，
　尽管带他走进我的宫殿。”

西鲁希王来到朝廷上，
　陪他前来的是马鲁瓦国王。
他气昂昂地抬着头，一双
　向前平视的眼睛炯炯发光。
侍从们大喝道：“跪下，
　不懂礼貌的强盗！”
头靠在佳苏般特的肩上
苏罗坦安闲地答道：
“除了父母的双脚，
　我从不向任何人拜倒。”

奥朗则布的侍从
　气红了眼瞪视着苏罗坦：

“我要教会你行礼；
　我会叫你把头低下。”
西鲁希王笑着回答：
“休做此想吧！
威胁不会使我低头，
　我向来不知道什么是惧怕。”
宫殿里挺立着英雄苏罗坦，
　手抚着腰间的长剑。

奥朗则布拉过苏罗坦
　让他坐在自己身边，
问道：“英雄，五印度中间
　什么地方最称你的心愿？”
苏罗坦答道：“阿遮勒堡，
世界上只有它最好！”
肃静的朝堂上断续地
　发出了低声的嘲笑，
于是奥朗则布笑着说：
　“我许你永驻阿遮勒堡。”

1900年10月

更多的给予

帕坦人的士兵们绑来了
　一群被俘的锡克——
舒里特干基的地面早已
　变成了血的颜色。
那瓦布[1]说："喂，特鲁辛格，
　我要赦免你。"
特鲁辛格回答说："为什么
　你特别轻视我？"
那瓦布说："你是大英雄，
　我不愿对你无礼，
割下你的发辫[2]走吧，
　我只有这一点要求。"
特鲁辛格说："你的慈悲
　我永远不会忘记；

---

① 那瓦布：莫卧儿王朝统治印度时期主政一方的军政首脑，相当于省督。
② 锡克教徒终身不剃发须，要求他割下发辫即是要他背叛自己的宗教。

你要的太少，我将多给——
发辫再加上我的头。”

1900年10月

王的审判

——拉其斯坦

婆罗门说，“我的妻子
　在屋子里，
半夜贼人进去
　要行无礼。
我捉住了他，现在告诉我
　给贼人什么惩罚？”
“死！”
　罗陀罗奥王只说了一个字。

飞奔着前来的使者说：
　“贼人，就是太子；
婆罗门在夜里捉住了他，
　今天早晨把他杀死。
我捕获了那人，
　给婆罗门什么惩罚？”

“放了他！”

罗陀罗奥王只说了一句话。

1900年10月

戈宾德·辛格[1]

“朋友，你们全都回去，
　现在还不到时候。”
天将破晓，耶摩那河边，
丘岭迤逦，幽深的森林里，
锡克的宗师戈宾德吩咐着
　他的几个门徒。

走吧，拉姆达斯，走吧，莱哈里，
　萨胡，你也回去。
不要引诱我，呵，不要召唤我
　跳进那战斗的大海，
且让我留在这里
　远离人生的舞台。
我久已背过脸去，堵上耳朵，

① 戈宾德·辛格：锡克教最后的一位祖师。他曾将锡克编成军队组织，创立了锡克王国，终生和统治印度的莫卧儿王朝做顽强斗争，抵抗着他们的侵略。这首诗描写他在一次与伊斯兰教徒战争失败之后，躲在森林里等待时机，准备东山再起时的心情。

　躲藏在森林里。
远方，无边的人海
咆哮着掀起哀号的巨浪。
在这里，我只是独自沉入
　自己秘密的事业里。

从那喧嚣的人境里
　似乎人类的灵魂向我召唤。
死寂的暗夜里，我从梦中惊起，
大声呼喊着：“我来了，我就来！”
我渴望着把自己——身、心、灵魂投入
　那伟大的人群的洪流里。

看见你们，我的灵魂激荡，
　我的心疯狂地驰骋。
我的血液燃烧着
千百火焰蛇一般地舞动，
像在嘲笑我似的，我的宝剑
　也在剑鞘里锵锵作声。
那该是多么欢乐——离开这森林
　手执着胜利的号角，
冲入密集的人群，

去推翻暴君，重整江山，
去把侵略者的胸膛
　用利剑刺穿。

那野马样不可知的命运
　我曾把它制服。
亲自套上缰绳，
鞭策它越过一切障碍，
不辞一切艰难困苦
　奔上自己的道路。

谁敢阻住我的去路？有的躲开，
　有的滚倒在尘埃，
企图抵抗的化为齑粉，
后面留下的是我的脚印。
在摧毁一切的烈火浓烟里
　青天的大眼也充满惊惧。

我曾千百次跳过死亡的深渊，
　登上人生的海岸。
那时天际有不眨眼的星辰
在暗夜里指示着方向，

人群的洪流回旋激荡着
　在两岸怒吼呼啸。
管它什么昏黑的静夜，
　或是炎热的白昼；
管它什么天空里四面
笼罩着乌云，雷声隐隐；
管它什么狂飙飓风
　无情地压向头顶。

“来啊，来啊。”我向大家呼唤，
　大家飞奔着聚集在我面前。
他们打开房门，
他们抛弃家园，
把欢乐、幸福、爱情的羁绊
　毫不顾惜地扯断。

像五河的水
　汇集在海洋里——
听了我的召唤，谁肯裹足不前？
信徒们的心和我打成一片，
旁遮普到处掀起了
　“万岁，万岁”胜利的呼唤。

“你要到哪里去？懦夫！”我的声音
　传送到深山、密林、隐秘的角落。
清晨里听见了召唤——来啊，来啊！
工作的人抛掉了工作。
深夜里听见了召唤——来啊，你们来啊！
　人们连睡眠都忘却。

我走在前面，人们从四方拥来，
　阻塞了道路，挤满了渡口。
忘记了种姓和门第的不同，
轻易地献出自己的生命，
尊贵的、卑贱的、婆罗门和锡克
　团结成一个。

算了吧，朋友，不要再做这样的梦吧!
　现在还不到那个时候。
现在我仍须独自消磨这漫长的黑夜，
我仍须不眠地数着一分一秒的时间，
我仍须不转瞬地凝望着东方的天际
　等待着晓日初升的黎明出现。

如今我只是在幻想的世界里驰骋，

　　大森林是我的都城。
如今只是静静地思索，
只是无所事事地暗自修炼，
白天夜晚，只是呆坐着
　　倾听自己内心的语言。

于是，我独自退居在耶摩那河边
　　一片崎岖难行的丛山里。
旁遮普高原将我哺育到壮年，
我的歌声混入耶摩那河水的飞溅。
为未来的事业培养能力，
　　我在暗中艰苦锻炼。

就这样度过了漫长的十二年，
　　还有多少时日要等待迁延？
我从周围不朽的生命里
一点一滴地吸取着养料，
几时我才能说
　　够了，我已经功果圆满？
几时我才能真正宣布——
　　是时候了！
起来，朋友们！追随我——

你们的师傅召唤你们全体，
起来，朋友们！从我的生命里
　你们将获得新的生命力。

再没有恐惧，再没有怀疑，
　再没有蹒跚动摇、重重顾虑。
我已经找到出路，获得真理。
摔开了整个世界，屹然独立。
在我的面前没有生，没有死，
　没有，没有，什么都没有。

我的心，仿佛听见了
　来自天上的声音——
"在自我光照中站起来吧。
看哪，从那遥远的地方
被你吸引在身旁的
　何止千百人？

"听，那波涛的汹涌声——
　心的洪流在奔驰。
坚定地站起来吧！你要
警觉地守望着如一座灯塔，

在这夜里，你如果沉睡，
　他们就会各自回家。”

你们看，遥远的天边
　张起了漆黑的夜幕，
飓风带着死亡已经到来，
我在心房里点起了明灯，
在飓风里它不会熄灭，
它将永远给大家照亮前程。

走吧，萨胡，走吧，拉姆达斯，
　回去吧，我劝你们回家乡。
在你们全都回去的时候，
来，欢呼一声“古鲁万岁！”
高举起双臂，欢呼“万岁，万岁，
　万岁，阿拉克·尼朗姜！”

1886年5月

最后的一课

有一天，锡克教的宗师戈宾德独自
在旷野里回忆着自己一生的经历；
那曾为自己的青春写下了一幅金光
灿烂的图画的壮志雄心如今在哪里？
那神前的誓师，那坚定不移的志愿
的确也曾使婆罗多的统一一度实现，
但是，祖国啊，它现在风雨飘摇，
软弱无力，它任人宰割，破碎支离。
这是谁的错？生命竟是白白虚掷了么？
极端的困惑，疲倦的身体，痛苦的心，
戈宾德在沉思里消磨着朦胧的黄昏。
这时候，来了一个帕坦人，对他说：
“我要回乡去，把你欠我的马钱还我。”
戈宾德说：“锡克琪，我向你敬礼，
钱等明天再还你，今天你先回去。”
帕坦怒吼着说：“钱，今天一定要还！”

一边说着一边用力拉住了他的手——
污蔑他是强盗、骗子，要把他拉走。
戈宾德听了，闪电一般拔出了利剑，
一转眼的工夫割下了帕坦人的头——
淋淋的鲜血在地面上横流。看见
自己所做的一切，古鲁摇摇头说：
“看来我的生命已近完结。这一柄
不斩无辜的宝剑竟违背了我的本心
轻率地让无罪的人徒然流了血。
自信已从我这只手臂上永远消失，
这罪恶，这羞耻，我发誓要洗去，
从今天起，这是我最后的一件事。”

帕坦人有个儿子，尚在幼年。
戈宾德把他找来，带在身边，
日日夜夜抚育他，如同自己的
儿子时时不离眼前。亲自教他
背诵经典，演习兵法和斗剑。
这年老的英雄，锡克的古鲁琪，
像孩子一样还在清晨和黄昏里
陪伴着帕坦的儿子一同游戏。
信徒们看到这一切，走来对他说：

“师傅啊，这是干什么？我们害怕。
对于一只虎犊这样珍爱，莫非
想使它的天性更改？一旦他长大，
它的爪牙也会长出来，小心啊，
敬爱的师傅，人会被利爪伤害。”
戈宾德笑着说：“正是希望如此！
一只虎犊如果不让它变成猛虎，
那我又何必为他多费心思？”
孩子在戈宾德手中渐渐长大。
孩子像影子似的跟随着他，
孩子像亲生子似的孝敬他。
戈宾德爱他如同自己的生命，
戈宾德爱他如同自己的右手。
戈宾德的儿子全都在战场上
牺牲了，如今，帕坦的儿子
填塞了垂老的古鲁心中的空虚。
正像古老榕树身上的腐洞里
被风从外面吹进一粒种子，
不知不觉地发芽生枝，慢慢地
绿叶青葱压盖了衰老的树枝。

有一天，孩子跪在古鲁脚前说：

“蒙您亲自教导，我已学得武艺，
如果师傅允许，凭我这超人膂力
已经有资格参加国王的军旅。”
戈宾德手抚着他的脊背——
“你还缺最后的一课没有学习。”
第二天，向晚时分，古鲁戈宾德
独自走出房门，叫来孩子对
他说：“带着你的武器同我来！”

两人沉默着慢慢地向河岸边
树林中走去。裸露着石子的
河滩上，有雨季山洪划破
血红色沙土蜿蜒流过的痕迹。
到处是一行行高大的娑罗树，
树根下密集着丛生的灌木。
及膝的河水，水晶一般清澈。
渡过河，古鲁作了一个眼色——
孩子站住了。火红的晚霞像
蝙蝠的薄翅似的拖着长长的
影子，在静穆的天空中向西方
缓缓飞去。戈宾德向孩子说：
“马穆德，来这里，掘开这块地。”

孩子挖开沙土，露出一块青石，
上面染有殷红的血渍。古鲁说：
“石上的红印，是你生父的血痕。
我没有还他的债，也不容他还手，
就在这里，我割下了他的头。
今天到了时候，喂，帕坦！
如果你是你父亲的好儿子。
拔出剑来——杀掉害死你父亲的
仇人，用他的热血来祭奠那
饥渴的亡魂。”如同猛虎似的
一声吼叫，两眼通红的帕坦
跳起来扑在戈宾德的身上——
古鲁只呆立着如同木偶一样。
帕坦扔掉武器，在他脚边跪下：
“师傅啊！请不要和魔鬼开这样
可怕的玩笑吧！父亲的流血，
在道义上我应该把它忘记；
在悠长的岁月里，我认您是
父亲、师傅、朋友三位一体。
让这种深厚的感情展开在
我心中，压下那仇恨的念头吧！
师傅，我向您致敬。”说完这话，

帕坦飞快地跑出树林，没有
回头望一眼，没有停一下脚步。
戈宾德的眼睛里滚下了泪珠。

帕坦自从那天由森林中归来，
总是远远地把戈宾德躲开。
清晨，寂静的卧室里他不再
前来唤醒师傅；夜晚他不再
手持武器守卫在师傅的房门外；
他不再一个人陪着师傅到对岸
去打猎；没有人在旁边的时候，
就是师傅叫他，他也不肯前来。
是那么一天，戈宾德和帕坦
下棋消遣，谁也不曾注意天色
已晚——屡次的失败已经激怒了
帕坦。黄昏了；黑夜已来临，
弟子们回家去了——渐渐夜深。
一心一意地低着头，帕坦在
思索着下一步棋应该怎样走；
这时候，戈宾德突然用棋子
狠狠打中了帕坦的头。狂笑着
大声说："和有杀父之仇的人

一同下棋，像这样的胆怯鬼，
他还想得到胜利？”立刻帕坦从
腰间拔出了匕首，闪电一般地
把它刺进师傅戈宾德的胸口。
戈宾德微笑着说：“日子这样久，
你似乎才知道对于不义的人
怎样去报仇。最后的一课我
已经教给你，孩子，我很满足。
让我来给你最后一次的祝福。”

1900年10月

仿造的布迪堡

——拉其斯坦

"不再喝水，不再进食！"
　奇多尔[1]王发誓——
"只要布迪堡还在地面上
　存在一日。"
大臣们说："国王陛下，
这是什么样的誓愿啊！
那人力办不到的，如何
　使它成为事实？"
奇多尔王说："不成功，
　我便殉誓。"
布迪堡距离奇多尔有
　五十里的路程，
那里的哈拉族人全都是

① 奇多尔：8世纪时拉其普他拿的小国梅瓦尔的都城（在今拉其斯坦乌戴普尔土王领地境内）。自1568年被莫卧儿王朝阿克巴大帝攻陷后，四百年来，那里的土著民族恪遵祖先的誓言，在没把异族统治者赶出以前，决不再进奇多尔城寨。

　杰出的英雄。
那是哈姆王的采邑，在那里
没有人知道什么叫作恐惧。
布迪堡的英名，奇多尔王的
　誓言便是证明。
布迪堡距奇多尔只有
五十里的路程。

大臣们悄悄设计——
　“今夜通宵不寐，
用泥土仿照布迪堡
　修座假的堡垒，
国王将亲自前来使它
在地面上变作泥沙一堆，
不然，只为一句大话
　他的生命会销毁。”
于是在奇多尔的中心
　建起了仿造的堡垒。

贡波曾是奇多尔王的仆人，
　哈拉族的好汉，
正射鹿归来，肩头上

　背着坚弓和利箭。
他听到消息说："你是谁！
要把仿造的布迪堡摧毁，
想叫哈拉族在拉其普他拿
　再不能出头露脸？
我要保卫仿造的布迪堡，
　哈拉族的好汉！"

奇多尔王前来捣毁
　仿造的堡垒，
"走开！"——贡波唤着，
　声如沉雷。
"想拿布迪堡之名作耍？
我不容许对它污辱、践踏，
组成堡垒的那些泥沙，
一粒也不许销毁。"
"走开！"——贡波喊着，
　声如沉雷。

双手弯弓，一膝在
　地面跪倒，
一个贡波独自保卫着

仿造的布迪堡。
奇多尔王带来的士兵
高举着宝刀向他围剿，
贡波的头转眼间滚落在
土堡门外的一角。
他的鲜血光荣地染红了
仿造的布迪堡。

1900年10月

洒　红　节[①]

——拉其斯坦

普那戈国王的皇后从凯杜那地方
　送给帕坦的凯萨尔・卡一封书信：
“你以为用战争可以获取友谊?
春天就会从眼前姗姗归去，
来吧，将军，带着你帕坦的队伍
　和我们拉其普特的女人欢度迎春。”
战败之后失却了许多城镇，
　从凯杜那地方皇后送去了书信。

凯萨尔・卡心中狂喜，
　笑眯眯捻着唇上的髭须。
眼皮染上了黑色的黛墨，
头巾选中了绛红的颜色，

① 洒红节：迎春节。在印度是一个狂欢的节日，在那一天，可以不分种姓、男女，大家互相洒红粉、泼红水，表示友好亲热。

手里的手帕香气扑鼻，
　千百遍在嘴巴上擦来擦去。
皇后要和帕坦人洒红游戏，
　凯萨尔·卡笑嘻嘻捻着髭须。
素馨花丛里吹来了
　三月里沉醉的轻风。
芒果林吐出没药似的芳香：
不听话的蜜蜂自作主张，
随心所欲地嗡嗡歌唱着
　在芒果林中四处回旋飞动。
凯杜那城里今天来到了
　一队队过洒红节的帕坦士兵。

凯杜那城国王的花园中
　闪耀着落日血红的颜色。
帕坦的士兵来到御苑里
乐队的短笛正吹着黄昏曲。
来了一百个皇后的宫女，
　要陪帕坦人欢度洒红节。
那时候正是日落时分，
　太阳喷出愤怒的血红颜色。

长裙拖到脚面，
　春风里飘荡着披肩。
左手托着盛红粉的金盘，
喷红的唧筒悬挂在腰间；
右手挽着装满玫瑰水的铜罐，
　一队队的宫女来到花园，
一步步飘曳着长裙，
　春风里荡漾着披肩。
狡猾的微笑闪烁在眼角里。
　凯萨尔·卡向女人敬礼——
“身经百战，我幸能生还，
今天，怕要魂销魄散。”
突然响起了一阵狂笑，
　笑倒了皇后的一百个宫女。
歪戴着红色的头巾，
　凯萨尔笑嘻嘻向女人敬礼。

如今开始洒红游戏，
　红粉飘扬，染红了黄昏的天际。
素馨花涂上了新的颜色，
树根下洒满了红色的水迹，
鸟儿忘记了啼叫，惊呆在

　拉其普特女人的狂笑里。
啊，是何处飘来的红雾
　染红了黄昏的天际？
为什么我不目迷心醉啊——
　暗自思量着凯萨尔·卡。
胸膛为什么不是丰满突起？
女人脚镯上的金铃为什么
响得那样嘈杂不合韵律，
　手镯的叮当也欠文雅？
唉！为什么不目迷心醉啊——
　暗自思量着凯萨尔·卡。

帕坦人心想：拉其普特的女人
　身上找不出一点柔媚风情。
一双手臂不像莲藕，
声音羞哑了天上的霹雳，
那是些僵硬横斜的
　沙漠中无花的枯藤。
帕坦人心想：这些女人的心中
　找不出一点柔媚风情。

　“伊曼”曲调里

　笛声急促又庄严。
胸前垂着珍珠的项链，
赤金的宽手镯戴在手腕，
接过宫女递来的盛红粉的铜盘——
　皇后降临了御花园。
这时候，“伊曼”曲调里
　笛声急促又庄严。

凯萨尔·卡说：“伫望着你的
　来临，几乎盼瞎了双眼。”
皇后说：“我们也有同感。”
一百个宫女不禁大笑——
突然帕坦将军的额头上
　飞来了皇后手中的铜盘。
鲜血四射如喷泉
　帕坦将军真的瞎了双眼。

像晴天一声霹雳
　敲起了咚咚的战鼓。
星空里升起了抖战的月亮，
飘忽来去着冷森森的剑光，
唢呐在园门里

　雄赳赳地吹个不住。
御园里一棵棵的树根下
　响起了咚咚战鼓。

脱下了长裙，
　风吹去了披肩。
是谁念了一声咒语，
脱下了女人的彩衣，
像花丛里蹿出了一百条毒蛇
　一百个英雄立刻包围了帕坦。
脱下了长裙。
　梦一般的风吹去了披肩。

帕坦从那条路上来了，
　他们再不能从那条路上生还。
春夜里沉醉了的
　杜鹃不停地啼唤，
凯萨尔·卡的洒红节
　结束在凯杜那的御花园。
帕坦从那条路上来了，
　他们再不能从那条路上生还。

1900年9月

婚　礼

——拉其斯坦

静夜里响起了
　一阵阵喜庆的法螺。
新郎新娘如图画一般地
衣襟相结羞涩地站在礼堂里。
女人们撩起面幕的一角
在窗外偷偷地窥探着，
雨季的夜里雷声隐隐——
　雷声里吹起了结婚的法螺。

凉爽的东南风不再吹拂，
　沉沉的天空里乌云密布。
礼堂里灯烛辉煌，
珍珠项链闪闪发光。
是谁突然冲进礼堂里？
　大门外还敲起咚咚的战鼓。

人们全都吃惊地站起
　走拢来围绕着新郎新妇。
向戴着花冠的麦特里王子
　说话的是马鲁瓦的使者——
拉姆辛格陛下上了战场，
亲自和异族的敌人打仗。
他号召你们前去参战，
　动身吧！勇敢的拉其普特。
"万岁！拉姆辛格万岁——"
　高呼着马鲁瓦的使者。

"万岁！拉姆辛格万岁！"
　麦特里的王子高呼着响应。
新娘的心被吓得粉碎，
两只大眼里闪烁着泪水，
"万岁！拉姆辛格万岁！"
　伴郎们高呼着，异口同声。
拉姆辛格的使者大声说——
"麦特里王子，时间不容你再事久停。"

为什么还空吹着口哨[1]，
　为什么还空响着法螺？
解开了结成同心的衣襟，
新郎凝望着新娘的脸儿说：
“亲爱的，是那死亡的邀请
破坏了我们欢乐的结合。”
如今徒然空吹着口哨，
　如今徒然空响着法螺。

穿着礼服，戴着花冠，
　王子骑马飞奔而去了。
满脸含愁，头温柔地低着，
新娘转回自己的闺阁。
灯火慢慢熄灭，
　宫廷的礼堂变成漆黑了。
头戴花冠，颈悬花环，
　王子骑马飞奔而去了。

妈妈哭着说——“把结婚的礼服
　脱下吧！唉，你苦命的！”

---

① 口哨：在结婚、男婴降生或举行其他喜庆大典时，印度妇女们（男人不可以）口中发出“啊——噜噜噜”的尖音以示庆祝。

女儿安静地对妈妈说：
“别哭吧，妈妈，我求你，
让我穿着结婚的礼服，
　我要到麦特里堡去。”
妈妈听了手捶着额头
　哭着说：“唉！你不幸的。”
皇家的司祝给她祝福，
　在她头上洒着吉祥草和米谷。
新娘坐上华丽的彩轿，
女人们吹起吉庆的口哨。
彩衣鲜明的男女仆人，
　一队队走来陪伴她上路。
妈妈走来和她亲吻，
　父亲抚着她的头给她祝福。

深夜里，火炬烛照天际，
　是谁来到了麦特里的城门里？
有人在喊：“喂，停下轿子，
禁止奏乐，别再吹笛——
麦特里的居民正一同准备
　为麦特里王子举行火葬礼。
麦特里王子今天牺牲在战场上，

　在这不幸的时候是谁来到麦特里？”

“喂，吹起笛来，奏起喜乐！”
　新娘在花轿里吩咐说。
如今这神圣的一刻再不容失去，
衣襟上的同心结再不会松弛，
在火葬场熊熊的火光里
　要念诵婚礼中最后的曼荼罗[1]
“喂！吹起笛子，奏起乐来！”
　新娘在花轿里吩咐说。

戴着珍珠项链，穿着新郎礼服，
　麦特里王子躺在火葬场里。
轿子里走出了王子的发妻，
衣襟和他的血衣紧紧结起。
新娘坐在王子的头前，
　新郎的头抱在她的怀里。
深夜里，穿着血衣，
　麦特里王子躺在火葬场里。

响起了一阵阵尖声的口哨，

① 曼荼罗：经咒。

女人们一队队地走来了。

"善品行"——赞美着皇家司祝婆罗门，

颂赞师说——"噢！你征服死亡的女人。"

新娘盘膝端坐在焚尸的柴堆上——

风吹着熊熊的葬火在燃烧。

火葬场上一片胜利的欢呼，

女人们吹起结婚的口哨。

1900年10月

审　判　官

拉胡那特·拉奥
　马拉塔皇家的英雄。
他登上王位在普那城宣布：
“我要减轻人间苦难的担负，
我要把麦索尔王海德拉里征服。
　不许他再逞威风。”

转眼之间集结了
　八万雄兵。
四面八方，川流不息地
从马拉塔所有的崇山里
英雄们如雨季的山洪
　汇集在普那城。

胜利的旗帜在天空飘荡，
　千百个法螺呜呜齐响。

女人们吹起尖声的口哨，
普那城在光荣里战栗，
毁灭的战鼓惊心动魄地
　敲打着响震四方。

朝阳躲进旌旗森森的树林，
　马蹄扬起滚滚的尘沙。
震聋了天空的胜利的欢呼里
拉胡那特骑上了血色的战马。
突然，像谁念了一声咒语，
　军乐停止了前进的喇叭。

是在谁的脚前，国王
　显得如此谦恭？
是在谁的指挥下，
宫门外刹那间停止了
兴高采烈奔赴战场的
　八万士兵？

婆罗门拉姆·沙斯特里
　严正的最高审判官。
他高举着两只手臂，

大声说："拉胡那特·拉奥，
离开城市去到哪里，
　在没有受到惩罚以前？"
静止了军乐，
　静止了胜利的欢呼。
拉胡那特说："为什么
在今天偏偏阻挡我的去路？
我正为丰盛阎摩的筵席
　去歼灭那批伊斯兰教徒。"

拉姆·沙斯特里说：
　"你谋杀了嫡亲的侄男！
在没有受到审判之前，
这期间你没有自由。
按照法律的规定
　你应被严加看管。"

拉胡那特·拉奥
　脸上含笑，心中生气。
"国王的行动谁能够约束？
刀光剑影下我自由来去，
今天，不是来在路中心

　听人讲解什么法律。”

沙斯特里说：“拉胡那特，
　走吧，尽管去打仗。
我也立刻辞职，
转回自己的村庄。
再也不容许自己坐在
　这视法律如儿戏的法庭上。”

吹着法螺，敲着战鼓，
　开拔了出征的队伍。
舍弃了高贵的职位，
扔掉了所有的财富，
清贫的婆罗门回到了
　乡村里的茅屋。

1900年10月

践　誓

“喂，马拉塔的强盗来了。
　大家准备好武器！”
阿吉密堡砦里高呼着
　将军杜姆拉吉。
正午时分，家家户户
　正烧着粗面饼，
人声沸腾，碉楼上传出
　咚咚的战鼓声。
登上城头，望见南方
　遥远的天边，
马拉塔骑兵的铁蹄下
　扬起一片尘烟。
“这批马拉塔的蝗虫今天
　扑在我们的剑火里。
消灭他们不容一个飞去。”
　怒吼着杜姆拉吉。

从马鲁瓦来的使者说——
　“何劳准备迎敌？
这是国王的命令，看吧，
　将军杜姆拉吉！
信德[1]来了，和他们同来的
　还有法国的将领。
恭敬地把堡垒交给他们，
　你只有服从命令。
幸运之神如今已背弃了
　国王维加耶辛哈；
阿吉密堡用不着血战挣扎
　奉送给马拉塔吧！”
“君王的命令，英雄的天职，
　到底何所适从呢？”
长叹了一口气，痛苦地
　低语着杜姆拉吉。

马鲁瓦的来使宣布旨谕——
　“全体放下武器。”
如石像一般呆立着的是
　将军杜姆拉吉。

① 信德：居住在信德省（现属巴基斯坦）的一个民族。

天色渐晚，牛羊踯躅在
　暮霭升起的田间。
树阴下牧童的笛声
　悠扬而婉转。
“当阿吉密堡交在我手时
　曾在心中发誓，
国王的堡垒此生决不丢失
　在敌人手中，
今天莫非在国王的命令里
　竟要把誓言背弃？”
想来想去，拿不定主意，
　长叹着杜姆拉吉。

拉其普特的军队羞愤地
　放下了武器，
碉堡门前默默地呆立着
　将军杜姆拉吉。
赭衣的黄昏悄悄降临在
　西方的田野间，
马鲁瓦的队伍扬起灰尘
　停在堡砦门前。
“躺在门前地上的是什么人？

起来，打开大门！”
没有回音——无生命的躯壳
再不会回答询问。
君王的命令，英雄的天职
如今再不使他忧虑——
阿吉密堡砦的大门外
长眠了杜姆拉吉。

1900年10月

（石真 译）

吉檀迦利

1

你已经使我永生，这样做是你的欢乐。这脆薄的杯儿，你不断地把它倒空，又不断地以新生命来充满。

这小小的苇笛，你携带着它逾山越谷，从笛管里吹出永新的音乐。

在你双手的不朽的安抚下，我的小小的心，消融在无边快乐之中，发出不可言说的词调。

你的无穷的赐予只倾入我小小的手里。时代过去了，你还在倾注，而我的手里还有余量待充满。

2

当你命令我歌唱的时候，我的心似乎要因着骄傲而炸裂；我仰望着你的脸，眼泪涌上我的眶里。

我生命中一切的凝涩与矛盾融化成一片甜柔的谐音——我的赞颂像一只欢乐的鸟，振翼飞越海洋。

我知道你喜欢我的歌唱。我知道只因为我是一个歌者，才能走到你的面前。

我用我的歌曲的远伸的翅梢，触到了你的双脚，那是我从来不敢想望触到的。

在歌唱中陶醉，我忘了自己，你本是我的主人，我却称你为朋友。

3

我不知道你怎样地唱，我的主人！我总在惊奇地静听。

你的音乐的光辉照亮了世界。你的音乐的气息透彻诸天。你的音乐的圣泉冲过一切阻挡的岩石，向前奔涌。

我的心渴望和你合唱，而挣扎不出一点声音。我想说话，但是言语不成歌曲，我叫不出来。呵[1]，你使我的心变成了你的音乐的漫天大网中的俘虏，我的主人！

4

我生命的生命，我要保持我的躯体永远纯洁，因为我知道你的生命的摩抚，接触着我的四肢。

我要永远从我的思想中屏除虚伪，因为我知道你就是那在我心中燃起理智之火的真理。

我要从我心中驱走一切的丑恶，使我的爱开花，因为我知道你

---

① 呵：同“啊”，下同。

在我的心宫深处安设了座位。

我要努力在我的行为上表现你，因为我知道是你的威力，给我力量来行动。

5

请容我懈怠一会儿，来坐在你的身旁。我手边的工作等一下子再去完成。

不在你的面前，我的心就不知道什么是安逸和休息，我的工作变成了无边的劳役海中的无尽的劳役。

今天，炎暑来到我的窗前。轻嘘微语；群蜂在花树的宫廷中尽情弹唱。

这正是应该静坐的时光，和你相对，在这静寂和无边的闲暇里唱出生命的献歌。

6

摘下这朵花来，拿了去吧，不要迟延！我怕它会萎谢了，掉在尘土里。

它也许配不上你的花冠，但请你采折它，以你手采折的痛苦来给它光宠。我怕在我警觉之先，日光已逝，贡献的时间过了。

虽然它颜色不深，香气很淡，请仍用这花来礼拜。趁着还有时间，就采折罢[1]。

7

我的歌曲把她的妆饰卸掉。她没有了衣饰的骄奢。妆饰会成为我们合一之玷；它们会横阻在我们之间。它们叮当的声音会淹没了你的细语。

我的诗人的虚荣心，在你的容光中羞死。呵，诗圣，我已经拜倒在你的脚前。只让我的生命简单正直像一支苇笛，让你来吹出音乐。

8

那穿起王子的衣袍和挂起珠宝项链的孩子，在游戏中他失去了一切的快乐；他的衣服绊着他的步履。

为怕衣饰的破裂和污损，他不敢走进世界，甚至于不敢挪动。

母亲，这是毫无好处的，如你的华美的约束，使人和大地健康的尘土隔断，把人进入日常生活的盛大集会的权利剥夺去了。

9

呵，傻子，想把自己背在肩上！呵，乞人，来到你自己门口求乞！

① 罢：同“吧”，下同。

把你的负担卸在那双能担当一切的手中罢，永远不要惋惜地回顾。

你的欲望的气息，会立刻把它接触到的灯火吹灭。它是不圣洁的——不要从它不洁的手中接受礼物。只领受神圣的爱所付予的东西。

10

这是你的脚凳，你在最贫最贱最失所的人群中歇足。

我想向你鞠躬，我的敬礼不能达到你歇足地方的深处——那最贫最贱最失所的人群中。

你穿着破敝的衣服，在最贫最贱最失所的人群中行走，骄傲永远不能走近这个地方。

你和那最没有朋友的最贫最贱最失所的人们做伴，我的心永远找不到那个地方。

11

把礼赞和数珠撇在一边罢！你在门窗紧闭幽暗孤寂的殿角里，向谁礼拜呢？睁开眼你看，上帝不在你的面前！

他是在锄着枯地的农夫那里，在敲石的造路工人那里。太阳下，阴雨里，他和他们同在，衣袍上蒙着尘土。脱掉你的圣袍，甚至像他一样地下到泥土里去罢！

超脱吗？从哪里找超脱呢？我们的主已经高高兴兴地把创造的锁链戴起；他和我们大家永远联系在一起。

从静坐里走出来罢，丢开供养的香花！你的衣服污损了又何妨呢？去迎接他，在劳动里，流汗里，和他站在一起罢。

12

我旅行的时间很长，旅途也是很长的。

天刚破晓，我就驱车起行，穿遍广漠的世界，在许多星球之上，留下辙痕。

离你最近的地方，路途最远。最简单的音调，需要最艰苦的练习。

旅客要在每一个生人门口敲叩，才能敲到自己的家门，人要在外面到处漂流，最后才能走到最深的内殿。

我的眼睛向空阔处四望，最后才合上眼说："你原来在这里！"

这句问话和呼唤"呵，在哪儿呢？"融化在千股的泪泉里，和你保证的回答"我在这里！"的洪流，一同泛滥了全世界。

13

我要唱的歌，直到今天还没有唱出。

每天我总在乐器上调理弦索。

时间还没有到来，歌词也未曾填好；只有愿望的痛苦在我心中。

花蕊还未开放；只有风从旁叹息走过。

我没有看见过他的脸，也没有听见过他的声音；我只听见他轻蹑的足音，从我房前路上走过。

悠长的一天消磨在为他在地上铺设座位；但是灯火还未点上，我不能请他进来。

我生活在和他相会的希望中，但这相会的日子还没有来到。

14

我的欲望很多，我的哭泣也很可怜，但你永远用坚决的拒绝来拯救我；这刚强的慈悲已经紧密地交织在我的生命里。

你使我一天一天地更配领受你自动的简单伟大的赐予——这天空和光明，这躯体和生命与心灵——把我从极欲的危险中拯救了出来。

有时候我懈怠地捱延，有时候我急忙警觉寻找我的路向；但是你却忍心地躲藏起来。

你不断地拒绝我，从软弱动摇的欲望的危险中拯救了我，使我一天一天地更配得你完全的接纳。

15

我来为你唱歌。在你的厅堂中，我坐在屋角。

在你的世界中我无事可做；我无用的生命只能放出无目的的歌声。

在你黑暗的殿中，夜半敲起默祷的钟声的时候，命令我罢，我的主人，来站在你面前歌唱。

当金琴在晨光中调好的时候，宠赐我罢，命令我来到你的面前。

16

我接到这世界节日的请柬，我的生命受了祝福。我的眼睛看见了美丽的景象，我的耳朵也听见了醉人的音乐。

在这宴会中，我的任务是奏乐，我也尽力演奏了。

现在，我问：那时间终于来到了吗？我可以进去瞻仰你的容颜，并献上我静默的敬礼吗？

17

我只在等候着爱，要最终把我交在他手里。这是我迟误的原因，我对这延误负疚。

他们要用法律和规章，来紧紧地约束我；但是我总是躲着他们，因为我只等候着爱，要最终把我交在他手里。

人们责备我，说我不理会人；我也知道他们的责备是有道理的。

市集已过，忙人的工作都已完毕。叫我不应的人都已含怒回去。我只等候着爱，要最终把我交在他手里。

18

云霾堆积，黑暗渐深。啊，爱，你为什么让我独在门外等候？

在中午工作最忙的时候，我和大家在一起，但在这黑暗寂寞的日子，我只企望着你。

若是你不容我见面，若是你完全把我抛弃，我真不知将如何度过这悠长的雨天。

我不住地凝望遥远的阴空，我的心和不宁的风一同彷徨悲叹。

19

若是你不说话，我就含忍着，以你的沉默来填满我的心。我要沉静地等候，像黑夜在星光中无眠，忍耐地低首。

清晨一定会来，黑暗也要消隐，你的声音将划破天空从金泉中下注。

那时你的话语，要在我的每一鸟巢中生翼发声，你的音乐，要在我林丛繁花中盛开怒放。

20

莲花开放的那天，唉，我不自觉地在心魂飘荡。我的花篮空着，花儿我也没有去理睬。

不时地有一段忧愁来袭击我，我从梦中惊起，觉得南风里有一阵奇香的芳踪。

这迷茫的温馨，使我想望得心痛，我觉得这仿佛是夏天渴望的气息，寻求圆满。

我那时不晓得它离我是那么近，而且是我的，这完美的温馨，还是在我自己心灵的深处开放。

21

我必须撑出我的船去。时光都在岸边捱延消磨了——不堪的我呵!

春天把花开过就告别了。如今落红遍地，我却等待而又流连。

潮声渐喧，河岸的荫滩上黄叶飘落。

你凝望着的是何等的空虚！你不觉得有一阵惊喜和对岸遥远的歌声从天空中一同飘来吗?

22

在七月淫雨的浓阴中，你用秘密的脚步行走，夜一般的轻悄，躲过一切的守望的人。

今天，清晨闭上眼，不理连连呼喊的狂啸的东风，一张厚厚的纱幕遮住永远清醒的碧空。

林野住了歌声，家家闭户。在这冷寂的街上，你是孤独的行人。呵，我惟[①]一的朋友，我最爱的人，我的家门是开着的——不要梦一般地走过罢。

23

在这暴风雨的夜晚你还在外面作爱的旅行吗，我的朋友？天空像失望者在哀号。

我今夜无眠。我不断地开门向黑暗中瞭望，我的朋友！

我什么都看不见。我不知道你要走哪一条路！

是从墨黑的河岸上，是从远远的愁惨的树林边，是穿过昏暗迂回的曲径，你摸索着来到我这里吗，我的朋友？

---

① 惟：同“唯”，下同。

24

假如一天已经过去了，鸟儿也不歌唱，假如风也吹倦了，那就用黑暗的厚幕把我盖上吧，如同你在黄昏时节用睡眠的衾被裹上大地，又轻柔地将睡莲的花瓣合上。

旅客的行程未达，粮袋已空，衣裳破裂污损，而又筋疲力尽，你解除了他的羞涩与困穷，使他的生命像花朵一样在仁慈的夜幕下苏醒。

25

在这困倦的夜里，让我帖服地把自己交给睡眠，把信赖托付给你。

让我不去勉强我的萎靡的精神，来准备一个对你敷衍的礼拜。

是你拉上夜幕盖上白日的倦眼，使这眼神在醒觉的清新喜悦中，更新起来。

26

他来坐在我的身边，而我没有醒起。多么可恨的睡眠，唉，不幸的我呵！

他在静夜中来到；手里拿着琴，我的梦魂和他的音乐起了共鸣。

唉，为什么每夜就这样的虚度了？呵，他的气息接触了我的睡眠，为什么我总看不见他的面？

27

灯火，灯火在哪里呢？用熊熊的渴望之火把它点上罢！

灯在这里，却没有一丝火焰——这是你的命运吗？我的心呵！你还不如死了好！

悲哀在你门上敲着，她传话说你的主醒着呢，他叫你在夜的黑暗中奔赴爱的约会。

云雾遮满天空，雨也不停地下。我不知道我心里有什么在动荡，——我不懂得它的意义。

一霎的电光，在我的视线上抛下一道更深的黑暗，我的心摸索着寻找那夜的音乐对我呼唤的径路。

灯火，灯火在哪里呢？用熊熊的渴望之火把它点上罢！雷声在响，狂风怒吼着穿过天空。夜像黑岩一般的黑。不要让时间在黑暗中度过罢。用你的生命把爱的灯点上罢。

28

罗网是坚韧的，但是要撕破它的时候我又心痛。

我只要自由，为希望自由我却觉得羞愧。

我确知那无价之宝是在你那里，而且你是我最好的朋友，但我却舍不得清除我满屋的俗物。

我身上披的是尘灰与死亡之衣；我恨它，却又热爱地把它抱紧。

我的负债很多，我的失败很大，我的耻辱秘密而又深重；但当我来求福的时候，我又战栗，惟恐我的祈求得了允诺。

29

被我用我的名字囚禁起来的那个人，在监牢中哭泣。我每天不停地筑着围墙；当这道围墙高起接天的时候，我的真我便被高墙的黑影遮断不见了。

我以这道高墙自豪，我用沙土把它抹严，惟恐在这名字上还留着一丝罅隙；我煞费了苦心，我也看不见了真我。

30

我独自去赴幽会。是谁在暗寂中跟着我呢?

我走开躲他，但是我逃不掉。

他昂首阔步，使地上尘土飞扬；我说出的每一个字里，都掺杂着他的喊叫。

他就是我的小我，我的主，他恬不知耻；但和他一同到你门前，我却感到羞愧。

31

“囚人，告诉我，谁把你捆起来的？”

“是我的主人，”囚人说，“我以为我的财富与权力胜过世界上一切的人，我把我的国王的钱财聚敛在自己的宝库里。我昏困不过，睡在我主的床上，一觉醒来，我发现我在自己的宝库里做了囚人。”

“囚人，告诉我，是谁铸的这条坚牢的锁链？”

“是我，”囚人说，“是我自己用心铸造的。我以为我的无敌的权力会征服世界，使我有无碍的自由。我日夜用烈火重锤打造了这条铁链。等到工作完成，铁链坚牢完善，我发现这铁链把我捆住了。”

32

尘世上那些爱我的人，用尽方法拉住我。你的爱就不是那样，你的爱比他们的伟大得多，你让我自由。

他们从不敢离开我，恐怕我把他们忘掉。但是你，日子一天一天地过去，你还没有露面。

若是我不在祈祷中呼唤你，若是我不把你放在心上，你爱我的爱情仍在等待着我的爱。

33

白天的时候，他们来到我的房子里说，“我们只占用最小的一间屋子。”他们说，“我们要帮忙你礼拜你的上帝，而且只谦恭地领受我们应得的一份恩典。”他们就在屋角安静谦柔地坐下。

但是在黑夜里，我发现他们强暴地冲进我的圣堂，贪婪地攫取了神坛上的祭品。

34

只要我一息尚存，我就称你为我的一切。

只要我真诚不灭，我就感觉到你在我的四围，任何事情，我都来请教你，任何时候都把我的爱献上给你。

只要我一息尚存，我就永不把你藏匿起来。

只要把我和你的意旨锁在一起的脚镣，还留着一小段，你的意旨就在我的生命中实现——这脚镣就是你的爱。

35

在那里，心是无畏的，头也抬得高昂；

在那里，知识是自由的；

在那里，世界还没有被狭小的家园的墙隔成片段；

在那里，话是从真理的深处说出；

在那里，不懈的努力向着“完美”伸臂；

在那里，理智的清泉没有沉没在积雪的荒漠之中；

在那里，心灵是受你的指引，走向那不断放宽的思想与行为——进入那自由的天国，我的父呵，让我的国家觉醒起来罢。

36

这是我对你的祈求，我的主——请你铲除，铲除我心里贫乏的根源。

赐给我力量，使我能清闲地承受欢乐与忧伤。

赐给我力量，使我的爱在服务中得到果实。

赐给我力量，使我永不抛弃穷人，也永不向淫威屈膝。

赐给我力量，使我的心灵超越于日常琐事之上。

再赐给我力量，使我满怀爱意地把我的力量服从你意志的指挥。

37

我以为我的精力已竭，旅程已终——前路已绝，储粮已尽，退隐在静默鸿蒙中的时间已经到来。

但是我发现你的意志在我的身上不知有终点。旧的言语刚在舌尖上死去，新的音乐又从心上进来；旧辙方迷，新的田野又在面前奇妙地展开。

38

我需要你，只需要你——让我的心不停地重述这句话。日夜引诱我的种种欲念，都是透顶的诈伪与空虚。

就像黑夜隐藏在祈求光明的朦胧里，在我潜意识的深处也响出呼声——我需要你，只需要你。

正如风暴用全力来冲击平静，却寻求终止于平静，我的反抗冲击着你的爱，而它的呼声也还是——我需要你，只需要你。

39

在我的心坚硬焦躁的时候，请洒我以慈霖。

当生命失去恩宠的时候，请赐我以欢歌。

当烦躁的工作在四围喧闹，使我和外界隔绝的时候，我的宁静的主，请带着你的和平与安息来临。

当我乞丐似的心，蹲闭在屋角的时候，我的国王，请你以王者的威仪破户而入。

当欲念以诱惑与尘埃来迷蒙我的心眼的时候，呵，圣者，你是清醒的，请你和你的雷电一同降临。

40

在我干枯的心上，好多天没有受到雨水的滋润了，我的上帝。天边是可怕的赤裸——没有一片轻云的遮盖，没有一丝远雨的凉意。

如果你愿意，请降下你的死黑的盛怒的风雨，以闪电震慑诸天罢。

但是请你召回，我的主，召回这弥漫沉默的炎热罢，它沉重尖锐而又残忍，用可怕的绝望焚灼人心。

让慈云低垂下降，像父亲发怒的时候，母亲的含泪的眼光。

41

我的情人，你站在大家背后，藏在何处的阴影中呢？在尘土飞扬的道上，他们把你推开走过，没有理睬你。在乏倦的时间，我摆开礼品来等候你，过路的人把我的香花一朵一朵地拿去，我的花篮几乎空了。

清晨，中午都过去了。暮色中，我倦眼蒙眬。回家的人们瞟着我微笑，使我满心羞惭。我像女丐一般地坐着，拉起裙儿盖上脸，当他们问我要什么的时候，我垂目没有答应。

呵，真的，我怎能告诉他们说我是在等候你，而且你也应许说你一定会来。我又怎能抱愧地说我的妆奁就是贫穷。呵，我在我心的微隐处紧抱着这一段骄荣。

我坐在草地上凝望天空，梦想着你来临时候那忽然炫耀的豪华——万彩交辉，车辇上金旗飞扬，在道旁众目睽睽之下，你从车座下降，把我从尘埃中扶起坐在你的旁边，这褴褛的丐女，含羞带喜，像蔓藤在暑风中颤摇。

但是时间流过了，还听不见你的车辇的轮声。许多仪仗队伍都在光彩喧阗中走过了。你只是静默地站在他们背后吗？我只能哭泣着等待，把我的心折磨在空虚的伫望之中吗？

42

在清晓的密语中，我们约定了同去泛舟，世界上没有一个人知道我们这无目的无终止的遨游。

在无边的海洋上，在你静听的微笑中，我的歌唱抑扬成调，像海波一般的自由，不受字句的束缚。

时间还没有到吗？你还有工作要做吗？看罢，暮色已经笼罩海岸，苍茫里海鸟已群飞归巢。

谁知道什么时候可以解开链索，这只船会像落日的余光，消融在黑夜之中呢？

43

那天我没有准备好来等候你，我的国王，你就像一个素不相识的平凡的人，自动地进到我的心里，在我生命的许多流逝的时光中，盖上了永生的印记。

今天我偶然照见了你的签印，我发现它们和我遗忘了的日常哀乐的回忆，杂乱地散掷在尘埃里。

你不曾鄙夷地避开我童年时代在尘土中的游戏，我在游戏室里所听见的足音，和在群星中的回响是相同的。

44

阴晴无定，夏至雨来的时节，在路旁等候瞭望，是我的快乐。

从不可知的天空带信来的使者们，向我致意又向前赶路。我衷心欢畅，吹过的风带着清香。

从早到晚我在门前坐地，我知道我一看见你，那快乐的时光便要突然来到。

这时我自歌自笑。这时空气里也充满着应许的芬芳。

45

你没有听见他静悄的脚步吗？他正在走来，走来，一直不停地走来。

每一个时间，每一个年代，每日每夜，他总在走来，走来，一直不停地走来。

在许多不同的心情里，我唱过许多歌曲，但在这些歌调里，我总在宣告说，“他正在走来，走来，一直不停地走来。”

四月芬芳的晴天里，他从林径中走来，走来，一直不停在走来。

七月阴暗的雨夜中，他坐着隆隆的云辇，前来，前来，一直不停在前来。

愁闷相继之中，是他的脚步踏在我的心上，是他的双脚的黄金般的接触，使我的快乐发出光辉。

46

我不知道从久远的什么时候，你就一直走近来迎接我。

你的太阳和星辰永不能把你藏起使我看不见你。

在许多清晨和傍晚，我曾听见你的足音，你的使者曾秘密地到我心里来召唤。

我不知道为什么今天我的生活完全激动了，一种狂欢的感觉穿过了我的心。

这就像结束工作的时间已到，我感觉到在空气中有你光降的微馨。

47

夜已将尽，等他又落了空。我怕在清晨我正在倦睡的时候，他忽然来到我的门前。呵，朋友们，给他开着门罢——不要拦阻他。

若是他的脚声没有把我惊醒，请不要叫醒我。我不愿意小鸟嘈杂的合唱，和庆祝晨光的狂欢的风声，把我从睡梦中吵醒。即使我的主突然来到我的门前，也让我无扰地睡着。

啊，我的睡眠，宝贵的睡眠，只等着他的摩触来消散。啊，我的合着的眼，只在他微笑的光中才开睫，当他像从洞黑的睡眠里浮现的梦一般地站立在我面前。

让他作为最初的光明和形象，来呈现在我的眼前。让他的眼光成为我觉醒的灵魂最初的欢跃。

让我自我的返回成为向他立地的皈依。

48

清晨的静海，漾起鸟语的微波；路旁的繁华，争妍斗艳；在我们匆忙赶路无心理睬的时候，云隙中散射出灿烂的金光。

我们不唱欢歌，也不嬉游；我们也不到村集上去交易；我们一语不发，也不微笑；我们不在路上流连。时间流逝，我们也加速了脚步。

太阳升到中天，鸽子在凉阴中叫唤。枯叶在正午的炎风中飞舞。牧童在榕树下做他的倦梦，我在水边卧下，在草地上展布我困乏的四肢。

我的同伴们嘲笑我；他们抬头疾走：他们不回顾也不休息；他们消失在远远的碧霭之中。他们穿过许多山林，经过生疏遥远的地方。长途上的英雄队伍呵，光荣是属于你们的！讥笑和责备要促我起立，但我却没有反应。我甘心没落在乐于接受的耻辱的深处——在模糊的快乐阴影之中。

阳光织成的绿阴的幽静，慢慢地笼罩着我的心。我忘记了旅行的目的，我无抵抗地把我的心灵交给阴影与歌曲的迷宫。

最后，我从沉睡中睁开眼，我看见你站在我身旁，我的睡眠沐浴在你的微笑之中。我从前是如何地惧怕，怕这道路的遥远困难，到你面前的努力是多么艰苦呵！

49

你从宝座上下来，站在我草舍门前。

我正在屋角独唱，歌声被你听到了。你下来站在我草舍门前。

在你的广厅里有许多名家，一天到晚都有歌曲在唱。但是这初学的简单的音乐，却得到了你的赏识。一支忧郁的小调，和世界的伟大音乐融合了。你还带了花朵作为奖赏，下了宝座，停留在我的草舍门前。

50

我在村路上沿门求乞的时候，你的金辇像一个华丽的梦从远处出现，我在猜想这位万王之王是谁！

我的希望高升，我觉得我苦难的日子将要告终，我站着等候你自动的施与，等待那撒掷在尘埃里的财宝。

车辇在我站立的地方停住了。你看到我，微笑着下车。我觉得我的运气到底来了。忽然你伸出右手来说："你有什么给我呢？"

呵，这开的是什么样的帝王的玩笑，向一个乞丐伸手求乞！我糊涂了，犹疑地站着，然后从我的口袋里慢慢地拿出一粒最小的玉米献上给你。

但是我一惊不小，当我在晚上把口袋倒在地上的时候，在我乞讨来的粗劣东西之中，我发现了一粒金子。我痛哭了，恨我没有慷慨地将我所有都献给你。

51

夜深了。我们一天的工作都已做完。我们以为投宿的客人都已来到。村里家家都已闭户了。只有几个人说，国王是要来的。我们笑了说："不会的，这是不可能的事！"

仿佛门上有敲叩的声音，我们说那不过是风。我们熄灯就寝。只有几个人说："这是使者！"我们笑了说："不是，这一定是风！”

在死沉沉的夜里传来一个声音。朦胧中我们以为是远远的雷响。墙摇地动，我们在睡眠里受了惊扰。只有几个人说“这是车轮的声音”。我们昏困地嘟哝着说：“不是，这一定是雷响！”

鼓声响起的时候天还没亮。有声音喊着说：“醒来罢！别耽误了！”我们拿手按住心口，吓得发抖。只有几个人说：“看哪，这是国王的旗子！”我们爬起来站着叫：“没有时间再耽误了！”

国王已经来了——但是灯火在哪里呢，花环在哪里呢？

给他预备的宝座在哪里呢？呵，丢脸，呵，太丢脸了！客厅在哪里，陈设又在哪里呢？有几个人说，“叫也无用了！用空手来迎接他罢，带他到你的空房里去吧！”

开起门来，吹起法螺罢！在深夜中国王降临到我黑暗凄凉的房子里了。空中雷声怒吼。黑暗和闪电一同颤抖。拿出你的破席铺在院子里罢。我们的国王在可怖之夜与暴风雨一同突然来到了。

52

我想我应当向你请求——可是我又不敢——你那挂在颈上的玫瑰花环。这样我等到早上，想在你离开的时候，从你床上找到些碎片。我像乞丐一样破晓就来寻找，只为着一两片散落的花瓣。

呵，我呵，我找到了什么呢？你留下了什么爱的表记呢？那不是花朵，不是香料，也不是一瓶香水。那是你的一把巨剑，火焰般放光，雷霆般沉重。清晨的微光从窗外射到床上。晨鸟喊喊喳喳着问：“女人，你得到了什么呢？”不，这不是花朵，不是香料，也不是一瓶香水——这是你的可畏的宝剑。

我坐着猜想，你这是什么礼物呢。我没有地方去藏放它。我不好意思佩带它，我是这样的柔弱，当我抱它在怀里的时候，它就把我压痛了。但是我要把这光宠铭记在心，你的礼物，这痛苦的负担。

从今起在这世界上我将没有畏惧，在我的一切奋斗中你将得到胜利。你留下死亡和我做伴，我将以我的生命给他加冕。我带着你的宝剑来斩断我的羁勒，在世界上我将没有畏惧。

从今起我要抛弃一切琐碎的装饰。我心灵的主，我不再在一隅等待哭泣，也不再畏怯娇羞。你已把你的宝剑给我佩带。我不再要玩偶的装饰品了。

53

你的手镯真是美丽，镶着星辰，精巧地嵌着五光十色的珠宝。但是依我看来你的宝剑是更美的，那弯弯的闪光像毗湿奴的神鸟展开的翅翼，完美地平悬在落日怒发的红光里。

它颤抖着像生命受死亡的最后一击时，在痛苦的昏迷中的最后反应；它炫耀着像将尽的世情的纯焰，最后猛烈的一闪。

你的手镯真是美丽，镶着星辰般的珠宝；但是你的宝剑，呵，雷霆的主，是铸得绝顶美丽，看到想到都是可畏的。

54

我不向你求什么；我不向你耳中陈述我的名字。当你离开的时候我静默地站着。我独立在树影横斜的井旁，女人们已顶着褐色的瓦罐盛满了水回家了。她们叫我说“和我们一块来罢，都快到中午了”。但我仍在慵倦地流连，沉入恍惚的默想之中。

你走来时我没有听到你的足音。你含愁的眼望着我，你低语的时候声音是倦乏的——“呵，我是一个干渴的旅客。”我从幻梦中惊起把我罐里的水倒在你掬着的手掌里。树叶在头上萧萧地响着；杜鹃在幽暗处歌唱，曲径里传来胶树的花香。

当你问到我的名字的时候，我羞得悄立无言。真的，我替你做了什么，值得你的忆念？但是我幸能给你饮水止渴的这段回忆，将温馨地贴抱在我的心上。天已不早，鸟儿唱着倦歌，楝树叶子在头上沙沙作响，我坐着反复地想了又想。

55

乏倦压在你的心上，你眼中尚有睡意。

你没有得到消息说荆棘丛中花朵正在盛开吗？醒来罢，啊，醒来！不要让光阴虚度了！

在石径的尽头，在幽静无人的田野里，我的朋友在独坐着。不要欺骗他罢。醒来，呵，醒来罢！

即使正午的骄阳使天空喘息摇颤——即使灼热的沙地展布开它干渴的巾衣——

在你心的深处难道没有快乐吗？你的每一个足音，不会使道路的琴弦迸出痛苦的柔音吗？

56

只因你的快乐是这样地充满了我的心。只因你曾这样地俯就我。呵，你这诸天之主，假如没有我，你还爱谁呢？

你使我做了你这一切财富的共享者。在我心里你的欢乐不住地遨游。在我生命中你的意志永远实现。

因此，你这万王之王曾把自己修饰了来赢取我的心。因此你的爱也消融在你情人的爱里，在那里，你又以我俩完全合一的形象显现。

57

光明，我的光明，充满世界的光明，吻着眼目的光明，甜沁心腑的光明！呵，我的宝贝，光明在我生命的一角跳舞；我的宝贝，光明在勾拨我爱的心弦；天开了，大风狂奔，笑声响彻大地。

蝴蝶在光明海上展开翅帆。百合与茉莉在光波的浪花上翻涌。

我的宝贝，光明在每朵云彩上散映成金，它撒下无量的珠宝。

我的宝贝，快乐在树叶间伸展，欢喜无边。天河的堤岸淹没了，欢乐的洪水在四散奔流。

58

让一切欢乐的歌调都融合在我最后的歌中——那使大地草海欢呼摇动的快乐，那使生和死两个孪生兄弟，在广大的世界上跳舞的快乐，那和暴风雨一同卷来，用笑声震撼惊醒一切的生命的快乐，那含泪默坐在盛开的痛苦的红莲上的快乐，那不知所谓，把一切所有抛掷于尘埃中的快乐。

59

是的，我知道，这只是你的爱，呵，我心爱的人——这在树叶上跳舞的金光，这些驶过天空的闲云，这使我头额清爽的吹过的凉风。

清晨的光辉涌进我的眼睛——这是你传给我心的消息。你的脸容下俯，你的眼睛下望着我的眼睛，我的心接触到了你的双足。

60

孩子们在无边的世界的海滨聚会。头上是静止的无垠的天空，不宁的海波奔腾喧闹。在无边的世界的海滨，孩子们欢呼跳跃地聚会着。

他们用沙子盖起房屋，用空贝壳来游戏。他们把枯叶编成小船，微笑着把它们漂浮在深远的海上。孩子在世界的海滨做着游戏。

他们不会凫水，他们也不会撒网。采珠的人潜水寻珠，商人们奔波航行，孩子们收集了石子却又把它们丢弃了。他们不搜求宝藏，他们也不会撒网。

大海涌起了喧笑，海岸闪烁着苍白的微笑。致人死命的波涛，像一个母亲在摇着婴儿的摇篮一样，对孩子们唱着无意义的歌谣。大海在同孩子们游戏，海岸闪烁着苍白的微笑。

孩子们在无边的世界的海滨聚会。风暴在无路的天空中飘游，船舶在无轨的海上破碎，死亡在猖狂，孩子们却在游戏。在无边的世界的海滨，孩子们盛大地聚会着。

61

这掠过婴儿眼上的睡眠——有谁知道它是从哪里来的吗？是的，有谣传说它住在林阴中，萤火朦胧照着的仙村里，那里挂着两颗甜柔迷人的花蕊。它从那里来吻着婴儿的眼睛。

在婴儿睡梦中唇上闪现的微笑——有谁知道它是从哪里生出来的吗？是的，有谣传说一线新月的微光，触到了消散的秋云的边缘，微笑就在被朝雾洗净的晨梦中，第一次生出来了，——这就是那婴儿睡梦中唇上闪现的微笑。

在婴儿的四肢上，花朵般喷发的甜柔清新的生气，有谁知道它是在哪里藏了这么许久吗？是的，当母亲还是一个少女，它就在温柔安静的爱的神秘中，充塞在她的心里了——这就是那婴儿四肢上喷发的甜柔新鲜的生气。

62

当我送你彩色玩具的时候，我的孩子，我了解为什么云中水上会幻弄出这许多颜色，为什么花朵都用颜色染起——当我送你彩色玩具的时候，我的孩子。

当我唱歌使你跳舞的时候，我彻底地知道为什么树叶上响出音乐，为什么波浪把它们的合唱送进静听的大地的心头——当我唱歌使你跳舞的时候。

当我把糖果递到你贪婪的手中的时候，我懂得为什么花心里有蜜，为什么水果里隐藏着甜汁——当我把糖果递到你贪婪的手中的时候。

当我吻你的脸使你微笑的时候，我的宝贝，我的确了解晨光从天空流下时，是怎样地高兴，暑天的凉风吹到我身上时是怎样地愉快——当我吻你的脸使你微笑的时候。

63

你使不相识的朋友认识了我。你在别人家里给我准备了座位。你缩短了距离，你把生人变成弟兄。

在我必须离开故居的时候，我心里不安；我忘了是旧人迁入新居，而且你也住在那里。

通过生和死，今生或来世，无论你带领我到哪里，都是你，仍是你，我的无穷生命中的惟一伴侣，永远用欢乐的系链，把我的心和陌生人联系在一起。

人一认识了你，世上就没有陌生的人，也没有了紧闭的门户。呵，请允许我的祈求，使我在与众生游戏之中，永不失去和你单独接触的福祉。

64

在荒凉的河岸上，深草丛中，我问她，“姑娘，你用披纱遮着灯，要到哪里去呢？我的房子黑暗寂寞，——把你的灯借给我罢。”她抬起乌黑的眼睛，从暮色中看了我一会。“我到河边来，”她说，“要在太阳西下的时候，把我的灯漂浮到水上去。”

我独立在深草中看着她的灯的微弱的火光，无用地在潮水上漂流。

在薄暮的寂静中，我问她，“你的灯火都已点上了——那么你拿着这灯到哪里去呢？我的房子黑暗寂寞，——把你的灯借给我罢。”她抬起乌黑的眼睛望着我的脸，站着沉吟了一会。最后她说，“我来是要把我的灯献给上天。”我站着看她的灯光在天空中无用地燃点着。

在无月的夜半朦胧之中，我问她，“姑娘，你做什么把灯抱在心前呢？我的房子黑暗寂寞，——把你的灯借给我罢。”她站住沉思了一会，在黑暗中注视着我的脸。她说，“我是带着我的灯，来参加灯节的。”我站着看着她的灯，无用地消失在众光之中。

65

我的上帝，从我满溢的生命之杯中，你要饮什么样的圣酒呢？

通过我的眼睛，来观看你自己的创造物，站在我的耳门上，来静听你自己的永恒的谐音，我的诗人，这是你的快乐吗？

你的世界在我的心灵里织上字句，你的快乐又给它们加上音乐。你把自己在梦中交给了我，又通过我来感觉你自己的完满的甜柔。

66

那在神光离合之中，潜藏在我生命深处的她；那在晨光中永远不肯揭开面纱的她，我的上帝，我要用最后的一首歌把她包裹起来，作为我给你的最后的献礼。

无数求爱的话，都已说过，但还没有赢得她的心；劝诱向她伸出渴望的臂，也是枉然。

我把她深藏在心里，到处漫游，我生命的荣枯围绕着她起落。

她统治着我的思想，行动和睡梦，她却自己独居索处。

许多的人叩我的门来访问她，都失望地回去。

在这世界上从没有人和她面对过，她在孤守着静待你的赏识。

67

你是天空，你也是窝巢。

呵，美丽的你，在窝巢里就是你的爱，用颜色、声音和香气来围拥住灵魂。

在那里，清晨来了，右手提着金筐，带着美的花环，静静地替大地加冕。

在那里，黄昏来了，越过无人畜牧的荒林，穿过车马绝迹的小径，在她的金瓶里带着安静的西方海上和平的凉飙。

但是在那里，纯白的光辉，统治着伸展着的为灵魂翱翔的无际的天空。在那里无昼无夜，无形无色，而且永远，永远无有言说。

68

你的阳光射到我的地上，整天地伸臂站在我门前，把我的眼泪、叹息和歌曲变成的云彩，带回放在你的足边。

你喜爱地将这云带缠围在你的星胸之上，绕成无数的形式和褶纹，还染上变幻无穷的色彩。

它是那样的轻柔，那样的飘扬，温软，含泪而黯淡，因此你就爱惜它，呵，你这庄严无瑕者。这就是为什么它能够以它可怜的阴影遮掩你的可畏的白光。

69

就是这股生命的泉水，日夜流穿我的血管，也流穿过世界，又应节地跳舞。

就是这同一的生命，从大地的尘土里快乐地伸放出无数片的芳草，迸发出繁花密叶的波纹。

就是这同一的生命，在潮汐里摇动着生和死的大海的摇篮。

我觉得我的四肢因受着生命世界的爱抚而光荣。我的骄傲，是因为时代的脉搏，此刻在我血液中跳动。

70

这欢欣的音律不能使你欢欣吗？不能使你回旋激荡，消失碎裂在这可怖的快乐旋转之中吗？

万物急遽地前奔，它们不停留也不回顾，任何力量都不能挽住它们，它们急遽地前奔。

季候应和着这急速不宁的音乐，跳舞着来了又去——颜色、声音、香味在这充溢的快乐里，汇注成奔流无尽的瀑泉，时时刻刻地在散溅、退落而死亡。

71

我应当自己发扬光大，四周放射，投映彩影于你的光辉之中——这便是你的幻境。

你在你自身里立起隔栏，用无数不同的音调来呼唤你的分身。你这分身已在我体内形成。

高亢的歌声响彻诸天，在多彩的眼泪与微笑，震惊与希望中回应着；波起复落，梦破又圆。在我里面是你自身的破灭。

你卷起的那重帘幕，是用昼和夜的画笔，绘出了无数的花样。幕后的你的坐位，是用奇妙神秘的曲线织成，抛弃了一切无聊的笔直的线条。

你我组成的伟丽的行列，布满了天空。因着你我的歌声，太空都在震颤，一切时代都在你我捉迷藏中度过了。

72

就是他，那最深奥的，用他深隐的摩触使我清醒。

就是他把神符放在我的眼上，又快乐地在我心弦上弹弄出种种哀乐的调子。

就是他用金、银、青、绿的灵幻的色丝，织起幻境的披纱，他的脚趾从衣褶中外露，在他的摩触之下，我忘却了自己。

日来年往，就是他永远以种种名字，种种姿态，种种的深悲和极乐，来打动我的心。

73

在断念屏欲之中，我不需要拯救。在万千欢愉的约束里我感到了自由的拥抱。

你不断地在我的瓦罐里满满地斟上不同颜色不同芬芳的新酒。

我的世界，将以你的火焰点上他的万盏不同的明灯，安放在你庙宇的坛前。

不，我永不会关上我感觉的门户。视、听、触的快乐会含带着你的快乐。

是的，我的一切幻想会燃烧成快乐的光明，我的一切愿望将结成爱的果实。

74

白日已过，暗影笼罩大地。是我到河边汲水的时候了。

晚空凭着水的凄音流露着切望。呵，它呼唤我出到暮色中来。荒径上断绝人行，风起了，波浪在河里翻腾。

我不知道是否应该回家去。我不知道我会遇见什么人。浅滩的小舟上有个不相识的人正在弹着琵琶。

75

你赐给我们世人的礼物，满足了我们一切的需要，可是它们又毫未减少地返回到你那里。

河水有它每天的工作，匆忙地穿过田野和村庄；但它的不绝的水流，又曲折地回来洗你的双脚。

花朵以芬芳熏香了空气；但它最终的任务，是把自己献上给你。

对你供献不会使世界困穷。

人们从诗人的字句里，选取自己心爱的意义；但是诗句的最终意义是指向着你。

76

过了一天又是一天，呵，我生命的主，我能够和你对面站立吗？呵，全世界的主，我能合掌和你对面站立吗？

在广阔的天空下，严静之中，我能够带着虔恭的心，和你对面站立吗？

在你的劳碌的世界里，喧腾着劳作和奋斗，在营营扰扰的人群中，我能和你对面站立吗？

当我已做完了今生的工作，呵，万王之王，我能够独自悄立在你的面前吗？

77

我知道你是我的上帝，却远立在一边——我不知道你是属于我的，就走近你。我知道你是我的父亲，就在你脚前俯伏——我没有像和朋友握手那样的紧握你的手。

我没有在你降临的地方，站立等候，把你抱在胸前，当你做同志，把你占有。

你是我弟兄的弟兄，但是我不理他们，不把我赚得的和他们平分，我以为这样做，才能和你分享我的一切。

在快乐和苦痛里，我都没有站在人类的一边，我以为这样做，才能和你站在一起。

我畏缩着不肯舍生，因此我没有跳入生命的伟大的海洋里。

78

当鸿蒙初辟，繁星第一次射出灿烂的光辉，众神在天上集会，唱着："呵，完美的图画，完全的快乐！"

有一位神忽然叫起来了——"光链里仿佛断了一环，一颗星星走失了。"

他们金琴的弦子猛然折断了，他们的歌声停止了，他们惊惶地叫着——"对了，那颗走失的星星是最美的，她是诸天的光荣！"

从那天起，他们不住地寻找她，众口相传地说，因为她丢了，世界失去了一种快乐。

只在严静的夜里，众星微笑着互相低语说——"寻找是无用的，无缺的完美正笼盖着一切！"

79

假如我今生无缘遇到你，就让我永远感到恨不相逢——让我念念不忘，让我在醒时梦中都怀带着这悲哀的苦痛。

当我的日子在世界的闹市中度过，我的双手满捧着每日的赢利的时候，让我永远觉得我是一无所获——让我念念不忘，让我在醒时梦中都怀带着这悲哀的苦痛。

当我坐在路边，疲乏喘息，当我在尘土中铺设卧具，让我永远记着前面还有悠悠的长路——让我念念不忘，让我在醒时梦中都怀带着这悲哀的苦痛。

当我的屋子装饰好了，箫笛吹起，欢笑声喧的时候，让我永远觉得我还没有请你光临——让我念念不忘，让我在醒时梦中都怀带着这悲哀的苦痛。

80

我像一片秋天的残云，无主地在空中飘荡，呵，我的永远光耀的太阳！你的摩触还没有蒸化了我的水汽，使我与你的光明合一，因此我计算着和你分离的悠长的年月。

假如这是你的愿望，假如这是你的游戏，就请把我这流逝的空虚染上颜色，镀上金辉，让它在狂风中飘浮，舒卷成种种的奇观。

而且假如你愿意在夜晚结束了这场游戏，我就在黑暗中，或在灿白晨光的微笑中，在净化的清凉中，溶化消失。

81

在许多闲散的日子，我悼惜着虚度了的光阴。但是光阴并没有虚度，我的主。你掌握了我生命里寸寸的光阴。

你潜藏在万物的心里，培育着种子发芽，蓓蕾绽红，花落结实。

我困乏了，在闲榻上睡眠，想象一切工作都已停歇。早晨醒来，我发现我的园里，却开遍了异蕊奇花。

82

你手里的光明是无限的，我的主。你的分秒是无法计算的。

夜去明来，时代像花开花落。你晓得怎样来等待。

你的世纪，一个接着一个，来完成一朵小小的野花。

我们的光阴不能浪费，因为没有时间，我们必须争取机缘。我们太穷苦了，决不可迟到。

因此，在我把时间让给每一个性急的，向我索要时间的人时，我的时间就虚度了，最后你的神坛上就没有一点祭品。

一天过去，我赶忙前来，怕你的门已经关闭；但是我发现时间还有充裕。

83

圣母呵，我要把我悲哀的眼泪穿成珠链，挂在你的颈上。

星星把光明做成足镯，来装扮你的双足，但是我的珠链要挂在你的胸前。

名利自你而来，也全凭你的予取。但这悲哀却完全是我自己的，当我把它当做祭品献给你的时候，你就以你的恩慈来酬谢我。

84

离愁弥漫世界，在无际的天空中生出无数的情景。

就是这离愁整夜地悄望星辰，在七月阴雨之中，萧萧的树籁变成抒情的诗歌。

就是这笼压弥漫的痛苦，加深而成为爱，欲，而成为人间的苦乐；就是它永远通过诗人的心灵，融化流涌而成为诗歌。

85

当战士们从他们主公的明堂里刚走出来，他们的武力藏在哪里呢？他们的甲胄和干戈藏在哪里呢？

他们显得无助、可怜，当他们从他们主公的明堂走出的那一天，如雨的箭矢向着他们飞射。

当战士们整队走回他们主公的明堂里的时候，他们的武力藏在哪里呢？

他们放下了刀剑和弓矢；和平在他们的额上放光，当他们整队走回他们主公的明堂的那一天，他们把他们生命的果实留在后面了。

86

死亡，你的仆人，来到我的门前。他渡过不可知的海洋临到我家，来传达你的召令。

夜色沉黑，我心中畏惧——但是我要端起灯来，开起门来，鞠躬欢迎他。因为站在我门前的是你的使者。

我要含泪地合掌礼拜他。我要把我心中的财产，放在他脚前，来礼拜他。

他的使命完成了就要回去，在我的晨光中留下了阴影；在我萧条的家里，只剩下孤独的我，作为最后献你的祭品。

87

在无望的希望中，我在房里的每一个角落找她；我找不到她。

我的房子很小，一旦丢了东西就永远找不回来。

但是你的房子是无边无际的，我的主，为着找她，我来到了你的门前。

我站在你薄暮金色的天穹下，向你抬起渴望的眼。

我来到了永恒的边涯，在这里万物不灭——无论是希望，是幸福，或是从泪眼中望见的人面。

呵，把我空虚的生命浸到这海洋里罢，跳进这最深的完满里罢。让我在宇宙的完整里，感觉一次那失去的温馨的接触罢。

88

破庙里的神呵！七弦琴的断线不再弹唱赞美你的诗歌。晚钟也不再宣告礼拜你的时间。你周围的空气是寂静的。

流荡的春风来到你荒凉的居所。它带来了香花的消息——就是那素来供养你的香花，现在却无人来呈献了。

你的礼拜者，那些漂泊的旅人，永远在企望那还未得到的恩典。黄昏来到，灯光明灭于尘影之中，他困乏地带着饥饿的心回到这破庙里来。

许多佳节都在静默中来到，破庙的神呵。许多礼拜之夜，也在无火无灯中度过了。

精巧的艺术家，造了许多新的神像，当他们的末日来到了，便被抛入遗忘的圣河里。

只有破庙的神遗留在无人礼拜的、不死的冷淡之中。

89

我不再高谈阔论了——这是我主的意旨。从那时起我轻声细语。我心里的话要用歌曲低唱出来。

人们急急忙忙地到国王的市场上去，买卖的人都在那里。但在工作正忙的正午，我就早早地离开。

那就让花朵在我的园中开放，虽然花时未到；让蜜蜂在中午奏起他们慵懒的嗡鸣。

我曾把充分的时间，用在理欲交战里，但如今是我暇日游侣的雅兴，把我的心拉到他那里去；我也不知道这忽然的召唤，会引到什么突出的奇景。

90

当死神来叩你门的时候，你将以什么贡献他呢？

呵，我要在我客人面前，摆上我的满斟的生命之杯——我决不让他空手回去。

我一切的秋日和夏夜的丰美的收获，我匆促的生命中的一切获得和收藏，在我临终，死神来叩我的门的时候，我都要摆在他的面前。

91

呵，你这生命最后的完成，死亡，我的死亡，来对我低语罢！

我天天地在守望着你；为你，我忍受着生命中的苦乐。

我的一切存在，一切所有，一切希望，和一切的爱，总在深深的秘密中向你奔流。你的眼睛向我最后一盼，我的生命就永远是你的。

花环已为新郎编好。婚礼行过，新娘就要离家，在静夜里和她的主人独对了。

92

我知道这日子将要来到，当我眼中的人世渐渐消失，生命默默地向我道别，把最后的帘幕拉过我的眼前。

但是星辰将在夜中守望，晨曦仍旧升起，时间像海波的汹涌，激荡着欢乐与哀伤。

当我想到我的时间的终点，时间的隔栏便破裂了，在死的光明中，我看见了你的世界和这世界里弃置的珍宝。最低的坐位是极其珍奇的，最小的生物也是世间少有的。

我追求而未得到和我已经得到的东西——让它们过去罢。只让我真正地据有了那些我所轻视和忽略的东西。

93

我已经请了假。弟兄们，祝我一路平安罢！我向你们大家鞠了躬就启程了。

我把我门上的钥匙交还——我把房子的所有权都放弃了。我只请求你们最后的几句好话。

我们做过很久的邻居，但是我接受的多，给与的少。现在天已破晓，我黑暗屋角的灯光已灭。召命已来，我就准备启行了。

94

在我动身的时光，祝我一路福星罢，我的朋友们！天空里晨光辉煌，我的前途是美丽的。

不要问我带些什么到那边去。我只带着空空的手和企望的心。

我要戴上我婚礼的花冠。我穿的不是红褐色的行装，虽然间关险阻，我心里也没有惧怕。

旅途尽处，晚星将生，从王宫的门口将弹出黄昏的凄乐。

95

当我刚跨过此生的门槛的时候，我并没有发觉。

是什么力量使我在这无边的神秘中开放，像一朵嫩蕊，中夜在森林里开花！

早起我看到光明，我立时觉得在这世界里我不是一个生人，那不可思议、不可名状的，已以我自己母亲的形象，把我抱在怀里。

就是这样，在死亡里，这同一的不可知者又要以我熟识的面目出现。因为我爱今生，我知道我也会一样在爱死亡。

当母亲从婴儿口中拿开右乳的时候，他就啼哭，但他立刻又从左乳得到了安慰。

96

当我走的时候，让这个作我的别话罢，就是说我所看过的是卓绝无比的。

我曾尝过在光明海上开放的莲花里的隐蜜，因此我受了祝福——让这个作我的别话罢。

在这形象万千的游戏室里，我已经游玩过，在这里我已经瞥见了那无形象的他。

我浑身上下因着那无从接触的他的摩抚而喜颤；假如死亡在这里来临，就让它来好了——让这个作我的别话罢。

97

当我是同你做游戏的时候，我从来没有问过你是谁。我不懂得羞怯和惧怕，我的生活是热闹的。

清晨你就来把我唤醒，像我自己的伙伴一样，带着我跑过林野。

那些日子，我从来不想去了解你对我唱的歌曲的意义。我只随声附和，我的心应节跳舞。

现在，游戏的时光已过，这突然来到我眼前的情景是什么呢？世界低下眼来看着你的双脚，和它的肃静的众星一同敬畏地站着。

98

我要以胜利品，我的失败的花环，来装饰你。逃避不受征服，是我永远做不到的。

我准知道我的骄傲会碰壁，我的生命将因着极端的痛苦而炸裂，我的空虚的心将像一支空苇呜咽出哀音，顽石也融成眼泪。

我准知道莲花的百瓣不会永远闭合，深藏的花蜜定将显露。

从碧空将有一只眼睛向我凝视，在默默地召唤我。我将空无所有，绝对的空无所有，我将从你脚下领受绝对的死亡。

99

当我放下舵盘，我知道你来接收的时候到了。当做的事立刻要做了。挣扎是无用的。

那就把手拿开，静默地承认失败罢，我的心呵，要想到能在你的岗位上默坐，还算是幸运的。

我的几盏灯都被一阵阵的微风吹灭了，为想把它们重新点起，我屡屡地把其他的事情都忘却了。

这次我要聪明一点，把我的席子铺在地上，在暗中等候；什么时候你高兴，我的主，悄悄地走来坐下罢。

100

我跳进形象海洋的深处，希望能得到那无形象的完美的珍珠。

我不再以我的旧船去走遍海港，我乐于弄潮的日子早已过去了。

现在我渴望死于不死之中。

我要拿起我的生命的弦琴，进入无底深渊旁边，那座涌出无调的乐音的广厅。

我要调拨我的琴弦，和永恒的乐音合拍，当它呜咽出最后的声音时，就把我静默的琴儿放在静默的脚边。

101

我这一生永远以诗歌来寻求你。它们领我从这门走到那门，我和它们一同摸索，寻求着，接触着我的世界。

我所学过的功课，都是诗歌教给我的；它们把捷径指示给我，它们把我心里地平线上的许多星辰，带到我的眼前。

它们整天地带领我走向苦痛和快乐的神秘之国，最后，在我旅程终点的黄昏，它们要把我带到哪一座宫殿的门首呢？

102

我在人前夸说我认得你。在我的作品中，他们看到了你的画像。他们走来问我："他是谁？"我不知道怎么回答。我说，"真的，我说不出来。"他们斥责我，轻蔑地走开了。你却坐在那里微笑。

我把你的事迹编成不朽的诗歌。秘密从我心中涌出。他们走来问我，"把所有的意思都告诉我们罢。"我不知道怎样回答。我说，"啊，谁知道那是什么意思！"他们哂笑了，鄙夷之极地走开。你却坐在那里微笑。

103

在我向你合十膜拜之中，我的上帝，让我一切的感知都舒展在你的脚下，接触这个世界。

像七月的湿云，带着未落的雨点沉沉下垂，在我向你合十膜拜之中，让我的全副心灵在你的门前俯伏。

让我所有的诗歌，聚集起不同的调子，在我向你合十膜拜之中，成为一股洪流，倾注入静寂的大海。

像一群思乡的鹤鸟，日夜飞向它们的山巢，在我向你合十膜拜之中，让我全部的生命，启程回到它永久的家乡。

（冰心　译）

园　丁　集

1

仆人

请对你的仆人开恩吧，我的女王！

女王

集会已经开始，我的仆人们都走了。你为什么来得这么晚呢？

仆人

你同别人谈过以后，就是我的时间了。

我来问有什么剩余的工作，好让你的最末一个仆人去做。

女王

在这么晚的时间你还想做什么呢？

仆人

让我做你花园里的园丁吧。

女王

这是什么傻想头呢？

仆人

我要搁下别的工作。

我把我的剑矛扔在尘土里。不要差遣我去遥远的宫廷；不要命令我做新的征讨。只求你让我做你花园里的园丁。

女王

你的职责是什么呢?

仆人

为你闲散的日子服务。

我要保持你清晨散步的草径清爽新鲜，你每一移步将有甘于就死的繁花以赞颂来欢迎你的双足。

我将在七叶树的枝间推送你的秋千；向晚的月亮将挣扎着从叶隙里吻你的衣裙。

我将在你床边的灯盏里添满香油，我将用檀香和番红花膏在你脚垫上涂画上美妙的花样。

女王

你要什么酬报呢?

仆人

只要你允许我像握着嫩柔的菡萏一般地握住你的小拳，把花串套上你的纤腕；允许我用无忧的花红汁来染你的脚底，以亲吻来拂去那偶然留在那里的尘埃。

女王

你的祈求被接受了，我的仆人，你将是我花园里的园丁。

2

“呵，诗人，夜晚渐临；你的头发已经变白。

“在你孤寂的沉思中听到了来生的消息么？”

“是夜晚了？”诗人说，“夜虽已晚，我还在静听，因为也许有人会从村中呼唤。

“我看守着，是否有年轻的飘游的心聚在一起，两对渴望的眼睛切盼有音乐来打破他们的沉默并替他们说话。

“如果我坐在生命的岸边默想着死亡和来世，又有谁来编写他们的热情的诗歌呢？

“早现的晚星消隐了。

“火葬灰中的红光在沉静的河边慢慢地熄灭下去。

“残月的微光下，胡狼从空宅的庭院里齐声嗥叫。

“假如有游子们离了家，到这里来守夜，低头静听黑暗的微语，有谁把生命的秘密向他耳边低诉呢，如果我关起门户，企图摆脱世俗的牵缠？

“我的头发变白是一件小事。

“我是永远和这村里最年轻的人一样年轻，最年老的人一样年老。

“有的人发出甜柔单纯的微笑，有的人眼里含着狡猾的闪光。

“有的人在白天流涌着眼泪，有的人的眼泪却隐藏在幽暗里。

“他们都需要我，我没有时间去冥想来生。

“我和每一个人都是同年的，我的头发变白了又该怎样呢？”

3

早晨我把网撒在海里。

我从沉黑的深渊拉出奇形奇美的东西——有些微笑般地发亮，有些眼泪般地闪光，有的晕红得像新娘的双颊。

当我携带着这一天的担负回到家里的时候，我爱正坐在园里悠闲地扯着花叶。

我沉吟了一会，就把我捞得的一切放在她的脚前，沉默地站着。

她瞥了一眼说，“这是些什么怪东西？我不知道这些东西有什么用处！”

我羞愧得低了头，心想，“我并没有为这些东西去奋斗，也不是从市场里买来的；这些不是配送给她的礼物。”

整夜的工夫我把这些东西一件一件地丢到街上。

早晨行路的人来了；他们把这些拾起带到远方去了。

4

我真烦，为什么他们把我的房子盖在通向市镇的路边呢？

他们把满载的船只拴在我的树上。

他们任意地来去游逛。

我坐着看着他们；光阴都消磨了。

我不能回绝他们。这样我的日子便过去了。

日日夜夜他们的足音在我门前震荡。

我徒然地叫，“我不认得你们。”

有些人是我的手指所认识的，有的人是我的鼻官所认识的，我脉管中的血液似乎认得他们，有些人是我的魂梦所认识的。

我不能回绝他们。我呼唤他们说，“谁愿意到我房子里来的就请来吧，对了，来吧。”

清晨庙里的钟声敲起。

他们提着筐子来了。

他们的脚像玫瑰般红。熹微的晨光照在他们的脸上。

我不能回绝他们。我呼唤他们说，“到我园里来采花吧。到这里来吧。”

中午锣声在庙殿门前敲起。

我不知道他们为什么放下工作在我篱畔流连。

他们发上的花朵已经褪色枯萎了，他们横笛里的音调也显得乏倦。我不能回绝他们。我呼唤他们说，“我的树阴下是凉爽的。来吧，朋友们。”

夜里蟋蟀在林中唧唧地叫。

是谁慢慢地来到我的门前轻轻地敲叩？

我模糊地看到他的脸，他一句话也没说，四围是天空的静默。

我不能回绝我的沉默的客人。我从黑暗中望着他的脸，梦幻的时间过去了。

5

我心绪不宁。我渴望着遥远的事物。

我的灵魂在极想中走出，要去摸触幽暗的远处的边缘。

呵，“伟大的来生”，呵，你笛声的高亢的呼唤！

我忘却了，我总是忘却了，我没有奋飞的翅翼，我永远在这地点系住。

我切望而又清醒，我是一个异乡的异客。

你的气息向我低语出一个不可能的希望。

我的心懂得你的语言，就像它懂得自己的语言一样。

呵，“遥远的寻求”，呵，你笛声的高亢的呼唤！

我忘却了，我总是忘却了，我不认得路，我也没有生翼的马。

我心绪不宁。我是自己心中的流浪者。

在疲倦时光的日霭中，你广大的幻象在天空的蔚蓝中显现！

呵，“最远的尽头”，呵，你笛声的高亢的呼唤！

我忘却了，我总是忘却了，在我独居的房子里，所有的门户都是紧闭的！

6

驯养的鸟在笼里，自由的鸟在林中。

时间到了，他们相会，这是命中注定的。

自由的鸟说，“呵，我爱，让我们飞到林中去吧。”

笼中的鸟低声说，“到这里来吧，让我俩都住在笼里。”

自由的鸟说，“在栅栏中间，哪有展翅的余地呢？”

“可怜呵，”笼中的鸟说，“在天空中我不晓得到哪里去栖息。”

自由的鸟叫唤说，“我的宝贝，唱起林野之歌吧。”

笼中的鸟说，“坐在我旁边吧，我要教你说学者的语言。”

自由的鸟叫唤说，“不，不！歌曲是不能传授的。”

笼中的鸟说，“可怜的我呵，我不会唱林野之歌。”

他们的爱情因渴望而更加热烈，但是他们永不能比翼双飞。

他们隔栏相望，而他们相知的愿望是虚空的。

他们在依恋中振翼，唱说，“靠近些吧，我爱！”

自由的鸟叫唤说，“这是做不到的，我怕这笼子的紧闭的门。”

笼里的鸟低声说，“我的翅翼是无力的，而且已经死去了。”

7

呵，母亲，年轻的王子要从我们门前走过，——今天早晨我哪有心思干活呢？

教给我怎样挽发；告诉我应该穿哪件衣裳。

你为什么惊讶地望着我呢，母亲？

我深知他不会仰视我的窗户；我知道一刹那间他就要走出我的视线以外；只有那残曳的笛声将从远处向我呜咽。

但是那年轻的王子将从我们门前走过，这时节我要穿上我最好的衣裳。

呵，母亲，年轻的王子已经从我们门前走过了，从他的车辇里射出朝日的金光。

我从脸上掠开面纱，我从颈上扯下红玉的颈环，扔在他走来的路上。

你为什么惊讶地望着我呢，母亲？

我深知他没有拾起我的颈环；我知道它在他的轮下碾碎了，在尘土上留下了红斑，没有人晓得我的礼物是什么样子，也不知道是给谁的。

但是那年轻的王子曾经从我们门前走过，我也曾经把我胸前的珍宝丢在他走来的路上了。

8

当我床前的灯熄灭了，我和晨鸟一同醒起。

我在散发上戴上新鲜的花串，坐在洞开的窗前。

那年轻的行人在玫瑰色的朝霭中从大路上来了。

珠链在他的颈上，阳光在他的冠上。他停在我的门前，用切望的呼声问我，“她在哪里呢？”

为着深羞，我说不出，“她就是我，年轻的行人，她就是我。”

黄昏来到，还未上灯。

我心绪不宁地编着头发。

在落日的光辉中年轻的行人驾着车辇来了。

他的驾车的马，嘴里喷着白沫，他的衣袍上蒙着尘土。

他在我的门前下车，用疲乏的声音问，“她在哪里呢？”

为着深羞，我说不出，“她就是我，愁倦的行人，她就是我。

一个四月的夜晚。我的屋里点着灯。

南风温柔地吹来。多言的鹦鹉在笼里睡着了。

我的衷衣和孔雀颈毛一样地华彩，我的披纱和嫩草一样地碧青。

我坐在窗前地上看望着冷落的街道。

在沉黑的夜中我不住地低吟着，“她就是我，失望的行人，她就是我。”

9

当我在夜中独赴幽会的时候，鸟儿不叫，风儿不吹，街道两旁的房屋沉默地站立着。

是我自己的脚镯越走越响使我羞怯。

当我坐在凉台上倾听他的足音，树叶不摇，河水静止像熟睡的哨兵膝上的刀剑。

是我自己的心在狂跳——我不知道怎样使它宁静。

当我爱来了，坐在我身旁，当我的身躯震颤，我的眼睫下垂，夜更深了，风吹灯灭，云片在繁星上曳过轻纱。

是我自己胸前的珍宝放出光明。我不知道怎样把它遮起。

10

放下你的工作吧，我的新娘。听，客人来了。

你听见没有，他在轻轻地摇动那拴门的链子？

小心不要让你的脚镯响出声音，在迎接他的时候你的脚步不要太急。

放下你的工作吧，新娘，客人在晚上来了。

不，这不是一阵阴风，新娘，不要惊惶。

这是四月夜中的满月；院里的影子是暗淡的；头上的天空是明亮的。

把轻纱遮上脸，若是你觉得需要，提着灯到门前去，若是你害怕。

不，这不是一阵阴风，新娘，不要惊惶。

若是你害羞就不必和他说话；你迎接他的时候只需站在门边。

他若问你话，若是你愿意这样做，你就沉默地低眸。

不要让你的手镯作响，当你提着灯，带他进来的时候。

不必同他说话，如果你害羞。

你的工作还没有做完么，新娘？听，客人来了。

你还没有把牛棚里的灯点起来么？

你还没有把晚祷的供筐准备好么？

你还没有在发缝中涂上鲜红的吉祥点，你还没有理过晚妆么？

啊，新娘，你没有听见，客人来了么？

放下你的工作吧。

11

你就这样地来吧；不要在梳妆上捱延了。

即使你的辫发松散，即使你的发缝没有分直，即使你衷衣的丝带没有系好，都不要管它。

你就这样地来吧；不要在梳妆上捱延了。

来吧，用快步踏过草坪。

即使露水粘掉了你脚上的红粉，即使你踝上的铃串褪松，即使你链上的珠儿脱落，都不要管它。

来吧，用快步踏过草坪吧。

你没看见云雾遮住天空么？

鹤群从远远的河岸飞起，狂风吹过常青的灌木。

惊牛奔向村里的栅棚。

你没看见云雾遮住天空么？

你徒然点上晚妆的灯火——它颤摇着在风中熄灭了。

谁能看出你眼睫上没有涂上乌烟？因为你的眼睛比雨云还黑。

你徒然点上晚妆的灯火——它熄灭了。

你就这样地来吧；不要在梳妆上捱延了。

即使花环没有穿好，谁管它呢；即使手镯没有扣上，让它去吧。

天空被阴云塞满了——时间已晚。

你就这样地来吧；不要在梳妆上捱延了。

12

若是你要忙着把水瓶灌满，来吧，到我的湖上来吧。

湖水将回绕在你的脚边，潺潺地说出它的秘密。

沙滩上有了欲来的雨云的阴影，云雾低垂在丛树的绿线上，像你眉上的浓发。

我深深地熟悉你脚步的韵律，它在我心中敲击。

来吧，到我的湖上来吧，如果你必须把水瓶灌满。

如果你想懒散闲坐，让你的水瓶漂浮在水面，来吧，到我的湖上来吧。

草坡碧绿，野花多得数不清。

你的思想将从你乌黑的眼眸中飞出，像鸟儿飞出窝巢。

你的披纱将褪落到脚上。

来吧，如果你要闲坐，到我的湖上来吧。

如果你想撇下嬉游跳进水里，来吧，到我的湖上来吧。

把你的蔚蓝的丝巾留在岸上；蔚蓝的水将没过你，盖住你。
水波将蹑足来吻你的颈项，在你耳边低语。
来吧，如果你想跳进水里，到我的湖上来吧。

如果你想发狂而投入死亡，来吧，到我的湖上来吧。
它是清凉的，深到无底。
它沉黑得像无梦的睡眠。
在它的深处黑夜就是白天，歌曲就是静默。
来吧，如果你想投入死亡，到我的湖上来吧。

13

我一无所求，只站在林边树后。
倦意还逗留在黎明的眼上，露润在空气里。
湿草的懒味悬垂在地面的薄雾中。
在榕树下你用乳油般柔嫩的手挤着牛奶。
我沉静地站立着。

我没有说出一个字。那是藏起的鸟儿在密叶中歌唱。
芒果树在村径上撒着繁花，蜜蜂一只一只地嗡嗡飞来。
池塘边湿婆天的庙门开了，朝拜者开始诵经。
你把罐儿放在膝上挤着牛奶。

我提着空桶站立着。

我没有走近你。
天空和庙里的锣声一同醒起。
街尘在驱起的牛蹄下飞扬。
把汩汩发响的水瓶搂在腰上，女人们从河边走来。
你的钏镯丁当，乳沫溢出罐沿。
晨光渐逝而我没有走近你。

14

我在路边行走，也不知道为什么，
时已过午，竹枝在风中簌簌作响。
横斜的影子伸臂拖住流光的双足。
布谷鸟都唱倦了。
我在路边行走，也不知道为什么。

低垂的树阴盖住水边的茅屋。
有人正忙着工作，她的钏镯在一角放出音乐。
我在茅屋前面站着，我不知道为什么。

曲径穿过一片芥菜田地和几层芒果树林。

它经过村庙和渡头的市集。

我在这茅屋前面停住了，我不知道为什么。

好几年前，三月风吹的一天，春天倦慵地低语，芒果花落在地上。浪花跳起掠过立在渡头阶沿上的铜瓶。

我想着三月风吹的这一天，我不知道为什么。

阴影更深，牛群归栏。

冷落的牧场上日色苍白，村人在河边待渡。

我缓步回去，我不知道为什么。

15

我像麝鹿一样在林阴中奔走，为着自己的香气而发狂。

夜晚是五月正中的夜晚，清风是南国的清风。

我迷了路，我游荡着，我寻求那得不到的东西，我得到我所没有寻求的东西。

我自己的愿望的形象从我心中走出跳起舞来。

这闪光的形象飞掠过去。

我想把它紧紧捉住，它躲开了又引着我飞走下去。

我寻求那得不到的东西，我得到我所没有寻求的东西。

16

手握着手，眼恋着眼；这样开始了我们的心的纪录。

这是三月的月明之夜；空气里有凤仙花的芬芳；我的横笛抛在地上，你的花串也没有编成。

你我之间的爱像歌曲一样地单纯。

你橙黄色的面纱使我眼睛陶醉。

你给我编的茉莉花环使我心震颤，像是受了赞扬。

这是一个又予又留，又隐又现的游戏；有些微笑有些娇羞，也有些甜柔的无用的抵拦。

你我之间的爱像歌曲一样地单纯。

没有现在以外的神秘；不强求那做不到的事情；没有魅惑后面的阴影；没有黑暗深处的探索。

你我之间的爱像歌曲一样地单纯。

我们没有走出一切语言之外进入永远的沉默；我们没有向空举手寻求希望以外的东西。

我们付与，我们取得，这就够了。

我们没有把喜乐压成微尘来榨取痛苦之酒。

你我之间的爱像歌曲一样地单纯。

17

黄鸟在自己的树上歌唱，使我的心喜舞。
我们两人住在一个村子里，这是我们的一份快乐。
她心爱的一对小羊，到我园里树阴下吃草。
它们若走进我的麦地，我就把它们抱在臂里。
我们村子名叫康遮那，人们管我们的小河叫安遮那。
我的名字村人都知道，她的名字是软遮那。

我们中间只隔着一块田地。
在我们树里做窝的蜜蜂，飞到他们林中去采蜜。
从他们渡头阶上流来的落花，飘到我们洗澡的池塘里。
一筐一筐的红花干从他们地里送到我们的市集上。
我们村子名叫康遮那，人们管我们的小河叫安遮那。
我的名字村人都知道，她的名字是软遮那。

到她家去的那条曲巷，春天充满了芒果的花香。
他们亚麻子收成的时候，我们地里的苎麻正在开放。
在他们房上微笑的星辰，送给我们以同样的闪亮。
在他们水槽里满溢的雨水，也使我们的迦昙树林喜乐。
我们村子名叫康遮那，人们管我们的小河叫安遮那。
我的名字村人都知道，她的名字是软遮那。

18

当这两个姊妹出去打水的时候，她们来到这地点，她们微笑了。

她们一定觉察到，每次她们出来打水的时候，那个站在树后的人儿。

姊妹俩相互耳语，当她们走到这地点的时候。

她们一定猜到了，每逢她们出来打水的时候，那个人站在树后的秘密。

她们的水瓶忽然倾倒，水倒出来了，当她们走到这地点的时候。

她们一定发觉，每逢她们出来打水的时候，那个站在树后的人的心正在跳着。

姊妹俩相互瞥了一眼又微笑了，当她们来到这地点的时候。

她们飞快的脚步里带着笑声，使这个每逢她们出来打水的时候站在树后的人儿心魂缭乱了。

19

你腰间搂着灌满的水瓶，在河边路上行走。

你为什么急遽地回头，从飘扬的面纱里偷偷地看我？

这个从黑暗中向我送来的闪视，像凉风在粼粼的微波上掠过，一阵震颤直到荫蔽的岸边。

它向我飞来，像夜中的小鸟急遽地穿过无灯的屋子的两边洞开的窗户，又在黑夜中消失了。

你像一颗隐在山后的星星，我是路上的行人。

但是你为什么站了一会，从面纱中瞥视我的脸，当你腰间搂着灌满的水瓶在河边路上行走的时候?

20

他天天地来了又走了。

去吧，把我头上的花朵送去给他吧，我的朋友。

假如他问赠花的人是谁，我请你不要把我的名字告诉他——因为他来了又要走的。

他坐在树下的地上。

用繁花密叶给他敷设一个座位吧，我的朋友。

他的眼神是忧郁的，它把忧郁带到我的心中。

他没有说出他的心事；他只是来了又走了。

21

他为什么特地来到我的门前，这年轻的游子，当天色黎明的时候?

每次我进出经过他的身旁，我的眼睛总被他的面庞所吸引。

我不知道我是应该同他说话还是保持沉默。他为什么特地到我门前来

七月的阴夜是沉黑的；秋日的天空是浅蓝的；南风把春天吹得骀荡不宁。

他每次用新调编着新歌。

我放下活计眼里充满雾水。他为什么特地到我门前来呢?

22

当她用急步走过我的身旁，她的裙缘触到了我。

从一颗心的无名小岛上忽然吹来一阵春天的温馨。

一霎飞触的缭乱扫拂过我，立刻又消失了，像扯落了的花瓣在和风中飘扬。

它落在我的心上，像她身躯的叹息和她的心灵的低语。

23

你为什么悠闲地坐在那里，把镯子玩得丁当作响呢？
把你的水瓶灌满了吧。是你应当回家的时候了。

你为什么悠闲地拨弄着水玩，偷偷地瞥视路上的行人呢？
灌满你的水瓶回家去吧。

早晨的时间过去了——沉黑的水不住地流逝。
波浪相互低语嬉笑闲玩着。

流荡的云片聚集在远野高地的天边。
它们流连着悠闲地看着你的脸微笑着。
灌满你的水瓶回家去吧。

24

不要把你心的秘密藏起，我的朋友！

对我说吧，秘密地对我一个人说吧。

你这个笑得这样温柔，说得这样轻软的人，我的心将听着你的言语，不是我的耳朵。

夜深沉，庭宁静，鸟巢也被睡眠笼罩着。

从踌躇的眼泪里，从沉吟的微笑里，从甜柔的羞怯和痛苦里，把你心的秘密告诉我吧！

25

“到我们这里来吧，青年人，老实告诉我们，为什么你眼里带着疯癫？”

“我不知道我喝了什么野罂粟花酒，使我的眼里带着疯癫。”

“呵，多难为情！”

“好吧，有的人聪明有的人愚拙，有的人细心有的人马虎。有的眼睛会笑，有的眼睛会哭——我的眼睛是带着疯癫的。”

“青年人，你为什么这样凝立在树影下呢？”

“我的脚被我沉重的心压得疲倦了，我就在树影下凝立着。”

“呵，多难为情！”

“好吧，有人一直行进，有人到处流连，有的人是自由的，有的人是锁住的——我的脚被我沉重的心压得疲倦了。”

26

“从你慷慨的手里所赋予的我都接受。我别无所求。”

“是了，是了，我懂得你，谦卑的乞丐，你是乞求一个人的一切所有。”

“若是你给我一朵残花，我也要把它戴在心上。”

“若是那花上有刺呢？”

“我就忍受着。”

“是了，是了，我懂得你，谦卑的乞丐，你是乞求一个人的一切所有。”

“如果你只在我脸上抬起一次爱怜的眼光，就会使我的生命直到死后还是甜蜜的。”

“假如那只是残酷的眼色呢？”

“我要让它永远穿刺我的心。”

“是了，是了，我懂得你，谦卑的乞丐，你是乞求一个人的一切所有。”

27

“即使爱只给你带来了哀愁，也信任它。不要把你的心关起。”

“呵，不，我的朋友，你的话语太隐晦了，我不懂得。”

“心是应该和一滴眼泪、一首诗歌一起送给人的，我爱。”

“呵，不，我的朋友，你的话语太隐晦了，我不懂得。”

“喜乐像露珠一样的脆弱，它在欢笑中死去。哀愁却是坚强而耐久。让含愁的爱在你眼中醒起吧。”

“呵，不，我的朋友，你的话语太隐晦了，我不懂得。”

“荷花在日中开放，丢掉了自己的一切所有。在永生的冬雾里，它将不再含苞。”

“呵，不，我的朋友，你的话语太隐晦了，我不懂得。”

28

你的疑问的眼光是含愁的。它要追探了解我的意思，好像月亮探测大海。

我已经把我生命的终始，全部暴露在你的眼前，没有任何隐秘和保留。因此你不认识我。

假如它是一块宝石，我就能把它碎成千百颗粒，穿成项链挂在你的颈上。

假如它是一朵花，圆圆小小香香的，我就能从枝上采来戴在你的发上。但是它是一颗心，我的爱人。何处是它的边和底?

你不知道这个王国的边极，但你仍是这王国的女王。

假如它是片刻的欢娱，它将在喜笑中开花，你立刻就会看到懂得了。

假如它是一阵痛苦，它将融化成晶莹的眼泪，不着一字地反映出它最深的秘密。

但是它是爱，我的爱人。

它的欢乐和痛苦是无边的，它的需求和财富是无尽的。

它和你亲近得像你的生命一样，但是你永远不能完全了解它。

29

对我说吧，我爱！用言语告诉我你唱的是什么。

夜是深黑的，星星消失在云里，风在叶丛中叹息。

我将披散我的头发，我的青蓝的披风将像黑夜一样地紧裹着我。我将把你的头紧抱在胸前；在甜柔的寂寞中在你心头低诉。我将闭目静听。我不会看望你的脸。

等到你的话说完了，我们将沉默凝坐。只有丛树在黑暗中微语。

夜将发白。天光将晓。我们将望望彼此的眼睛，然后各走各的路。

对我说话吧，我爱！用言语告诉我你唱的是什么。

30

你是一朵夜云，在我梦幻中的天空浮泛。

我永远用爱恋的渴想来描画你。

你是我一个人的，我一个人的，我无尽的梦幻中的居住者！

你的双脚被我心切望的热光染得绯红，我的落日之歌的搜集者！

我的痛苦之酒使你的唇儿苦甜。

你是我一个人的，我一个人的，我寂寥的梦幻中的居住者！

我用热情的浓影染黑了你的眼睛，我的凝视深处的祟魂！

我捉住了你，缠住了你，我爱，在我音乐的罗网里。

你是我一个人的，我一个人的，我永生的梦幻中的居住者！

31

我的心，这只野鸟，在你的双眼中找到了天空。

它们是清晓的摇篮，它们是星辰的王国。

我的诗歌在它们的深处消失。

只让我在这天空中高飞，翱翔在静寂的无限空间里。

只让我冲破它的云层，在它的阳光中展翅吧。

32

告诉我，这一切是否都是真的。我的情人，告诉我，这是否真的。

当这一对眼睛闪出电光，你胸中的浓云发出风暴的回答。

我的唇儿，是真像觉醒的初恋的蓓蕾那样香甜么？

消失了的五月的回忆仍旧流连在我的肢体上么？

那大地，像一张琴，真因着我双足的踏触而颤成诗歌么？

那么当我来时，从夜的眼睛里真的落下露珠，晨光也真因为围绕我的身躯而感到喜悦么？

是真的么，是真的么，你的爱贯穿许多时代许多世界来寻找我么？

当你最后找到了我，你天长地久的渴望，在我的温柔的话里，在我的眼睛嘴唇和飘扬的头发里，找到了完全的宁静么？

那么“无限”的神秘是真的写在我小小的额上么？

告诉我，我的情人，这一切是否都是真的。

33

我爱你，我的爱人。请饶恕我的爱。

像一只迷路的鸟，我被捉住了。

当我的心抖颤的时候，它丢了围纱变成赤裸。用怜悯遮住它吧。爱人，请饶恕我的爱。

如果你不能爱我，爱人，请饶恕我的痛苦。

不要远远地斜视我。

我将偷偷地回到我的角落里去，在黑暗中坐地。

我将用双手掩起我赤裸的羞惭。

回过脸去吧，我的爱人，请饶恕我的痛苦。

如果你爱我，爱人，请饶恕我的欢乐。

当我的心被快乐的洪水卷走的时候，不要笑我的汹涌的退却。

当我坐在宝座上用我暴虐的爱来统治你的时候，当我像女神一样向你施恩的时候，饶恕我的骄傲吧，爱人，也饶恕我的欢乐。

34

不要不辞而别，我爱。

我看望了一夜，现在我脸上睡意重重。

只恐我在睡中把你丢失了。

不要不辞而别，我爱。

我惊起伸出双手去摸触你，我问自己说，“这是一个梦么？”

但愿我能用我的心系住你的双足，紧抱在胸前！

不要不辞而别，我爱。

35

只恐我太容易地认得你，你对我耍花招。
你用欢笑的闪光使我目盲来掩盖你的眼泪。
我知道，我知道你的妙计，
你从来不说出你所要说的话。

只恐我不珍爱你，你千方百计地闪避我。
只恐我把你和大家混在一起，你独自站在一边。
我知道，我知道你的妙计，
你从来不走你所要走的路。

你的要求比别人都多，因此你才静默。
你用嬉笑的无心来回避我的赠与。
我知道，我知道你的妙计，
你从来不肯接受你想接受的东西。

36

他低声说，“我爱，抬起眼睛吧。”

我严厉地责骂他说，“走！”但是他不动。

他站在我面前拉住我的双手。我说，“躲开我！”但是他没有走。

他把脸靠近我的耳边。我瞪他一眼说，“不要脸！”但是他没有动。

他的嘴唇触到我的腮颊。我震颤了说，“你太大胆了！”但是他不怕丑。

他把一朵花插在我发上。我说，“这也没有用处！”但是他站着不动。

他取下我颈上的花环就走开了。我哭了，问我的心说，“他为什么不回来呢？”

37

“你愿意把你的鲜花的花环挂在我的颈上么，佳人？”

“但是你要晓得，我编的那个花环，是为大家的，为那些偶然瞥见的人，住在未开发的大地上的人，住在诗人歌曲里的人。”

现在来请求我的心作为答赠已经太晚了。

曾有一个时候我的生命像一朵蓓蕾，它所有的芬芳都储藏在花心里。

现在它已远远地喷溢四散。

谁晓得有什么魅力，可以把它们收集关闭起来呢?

我的心不容我只给一个人，它是要给予许多人的。

38

我爱，从前有一天，你的诗人把一首伟大史诗投进他心里。

呵，我不小心，它打到你的丁当的脚镯上而引起悲愁。

它裂成诗歌的碎片散撒在你的脚边。

我满载的一切古代战争的货物，都被笑浪所颠簸，被眼泪浸透而下沉。

你必须使这损失成为我的收获，我爱。

如果我的死后不朽的荣名的希望都破灭了，在我生前使我不朽吧。

我将不为这损失伤心，也不责怪你。

39

整个早晨我想编一个花环，但是花儿滑掉了。

你坐在一旁偷偷地从侦伺的眼角看着我。

问这一对沉黑的恶作剧的眼睛，这是谁的错。

我想唱一支歌，但是唱不出来。

一个暗笑在你唇上颤动；你问它我失败的缘由。

让你微笑的唇儿发一个誓，说我的歌声怎样地消失在沉默里，像一只在荷花里沉醉的蜜蜂。

夜晚了，是花瓣合起的时候了。

容许我坐在你的旁边，容许我的唇儿做那在沉默中、在星辰的微光中能做的工作吧。

40

一个怀疑的微笑在你眼中闪烁，当我来向你告别的时候。

我这样做的次数太多了，你想我很快又会回来。

告诉你实话，我自己心里也有同样的怀疑。

因为春天年年回来；满月道过别又来访问，花儿每年回来在枝上红晕着脸，很可能我向你告别只为的要再回到你的身边。

但是把这幻象保留一会吧，不要冷酷粗率地把它赶走。

当我说我要永远离开你的时候，就当做真话来接受它，让泪雾暂时加深你眼边的黑影。

当我再来的时候，随便你怎样地狡笑吧。

41

我想对你说出我要说的最深的话语，我不敢，我怕你哂笑。
因此我嘲笑自己，把我的秘密在玩笑中打碎。
我把我的痛苦说得轻松，因为怕你会这样做。

我想对你说出我要说的最真的话语，我不敢，我怕你不信。
因此我弄真成假，说出和我的真心相反的话。
我把我的痛苦说得可笑，因为我怕你会这样做。

我想用最宝贵的名词来形容你，我不敢，我怕得不到相当的酬报。
因此我给你安上苛刻的名字，而夸示我的硬骨。
我伤害你，因为怕你永远不知道我的痛苦。

我渴望静默地坐在你的身旁，我不敢，怕我的心会跳到我的唇上。
因此我轻松地说东道西，把我的心藏在语言的后面。
我粗暴地对待我的痛苦，因为我怕你会这样做。

我渴望从你身边走开，我不敢，怕你看出我的懦怯。
因此我随随便便地昂首走到你的面前。

从你眼里频频掷来的刺激，使我的痛苦永远新鲜。

42

呵，疯狂的，头号的醉汉；
如果你踢开门户在大众面前装疯；
如果你在一夜倒空囊橐，对慎重轻蔑地弹着指头；
如果你走着奇怪的道路，和无益的东西游戏；
不理会韵律和理性；
如果你在风暴前扯起船帆，你把船舵折成两半，
那么我就要跟随你，伙伴，喝得烂醉走向堕落灭亡。

我在稳重聪明的街坊中间虚度了日日夜夜。
过多的知识使我白了头发，过多的观察使我眼力模糊。
多年来我积攒了许多零碎的东西：
把这些东西摔碎，在上面跳舞，把它们散掷到风中去吧。
因为我知道喝得烂醉而堕落灭亡，是最高的智慧。

让一切歪曲的顾虑消亡吧，让我无望地迷失了路途。
让一阵旋风吹来，把我连船锚一齐卷走。
世界上住着高尚的人，劳动的人，有用又聪明。
有的人很从容地走在前头，有的人庄重地走在后面。

让他们快乐繁荣吧，让我傻呆地无用吧。

因为我知道喝得烂醉而堕落灭亡，是一切工作的结局。

我此刻暂将一切的要求，让给正人君子。

我抛弃我学识的自豪和是非的判断。

我打碎记忆的瓶壶，挥洒最后的眼泪。

以红果酒的泡沫来洗澡，使我欢笑发出光辉。

我暂且撕裂温恭和认真的标志。

我将发誓做一个无用的人，喝得烂醉而堕落灭亡下去。

43

不，我的朋友，我永不会做一个苦行者，随便你怎么说。

我将永不做一个苦行者，假如她不和我一同受戒。

这是我坚定的决心，如果我找不到一个阴凉的住处和一个忏悔的伴侣，我将永远不会变成一个苦行者。

不，我的朋友，我将永不离开我的炉火与家庭，去退隐到深林里面，

如果在林阴中没有欢笑的回响；如果没有郁金色的衣裙在风中飘扬；

如果它的幽静不因有轻柔的微语而加深，

我将永不会做一个苦行者。

44

尊敬的长者，饶恕这一对罪人吧。

今天春风猖狂地吹起旋舞，把尘土和枯叶都扫走了，你的功课也随着一起丢掉了。

师父，不要说生命是虚空的。

因为我们和死亡订下一次和约，在一段温馨的时间中，我俩变成不朽。

即使是国王的军队凶猛地前来追捕，我们将忧愁地摇头说，弟兄们，你们扰乱了我们了。如果你们必须做这个吵闹的游戏，到别处去敲击你们的武器吧。因为我们刚在这片刻飞逝的时光中变成不朽。

如果亲切的人们来把我们围起，我们将恭敬地向他们鞠躬说，这个荣幸使我们惭愧。在我们居住的无限天空之中，没有多少隙地。因为在春天繁花盛开，蜜蜂的忙碌的翅翼也彼此摩挤。只住着我们两个仙人的小天堂，是狭小得太可笑了。

45

对那些定要离开的客人们，求神帮他们快走，并且扫掉他们所有的足迹。

把舒服的单纯的亲近的，微笑着一起抱在你的怀里。

今天是幻影的节日，他们不知道自己的死期。

让你的笑声只作为无意义的欢乐，像浪花上的闪光。

让你的生命像露珠的叶尖一样，在时间的边缘上轻轻跳舞。

在你的琴弦上弹出无定的暂时的音调吧。

46

你离开我自己走了。

我想我将为你忧伤，还将用金色的诗歌铸成你孤寂的形象，供养在我的心里。

但是，我的运气多坏，时间是短促的。

青春一年一年地消逝；春日是暂时的；柔弱的花朵无意义地凋谢，聪明人警告我说，生命只是一颗荷叶上的露珠。

我可以不管这些，只凝望着背弃我的那个人么？

这会是无益的，愚蠢的，因为时间是太短暂了。

那么，来吧，我的雨夜的脚步声；微笑吧，我的金色的秋天；来吧，无虑无忧的四月，散掷着你的亲吻。

你来吧，还有你，也有你！

我的情人们，你知道我们都是凡人。为一个取回她的心的人而心碎，是件聪明的事情么？因为时间是短暂的。

坐在屋角凝思，把我的世界中的你们都写在韵律里，是甜柔的。

把自己的忧伤抱紧，决不受人安慰，是英勇的。

但是一个新的面庞，在我门外偷窥，抬起眼来看我的眼睛。

我只能拭去眼泪，更改我歌曲的腔调。

因为时间是短暂的。

47

如果你要这样，我就停了歌唱。

如果它使你心震颤，我就把眼光从你脸上挪开。

如果使你在行走时忽然惊跃，我就躲开另走别路。

如果在你编串花环时，使你烦乱，我就避开你寂寞的花园。

如果我使水花飞溅，我就不在你的河边划船。

48

把我从你甜柔的枷束中放出来吧，我爱，不要再斟上亲吻的酒。

香烟的浓雾窒塞了我的心。

开起门来，让晨光进入吧！

我消失在你里面，包缠在你爱抚的折痕之中。

把我从你的诱惑中放出来吧，把男子气概交还我，好让我把得到自由的心贡献给你。

49

我握住她的手把她抱紧在胸前。

我想以她的爱娇来填满我的怀抱，用亲吻来偷劫她的甜笑，用我的眼睛来吸饮她的深黑的一瞥。

呵，但是，它在哪里呢？谁能从天空滤出蔚蓝呢？

我想去把握美；它躲开我，只有躯体留在我的手里。

失望而困乏地我回来了。

躯体哪能触到那只有精神才能触到的花朵呢？

50

爱，我的心日夜想望和你相见——那像吞灭一切的死亡一样的会见。

像一阵风暴把我卷走；把我的一切都拿去；劈开我的睡眠抢走我的梦。剥夺了我的世界。

在这毁灭里，在精神的全部赤露里，让我们在美中合一吧。

我的空想是可怜的！除了在你里面，哪有这合一的希望呢，我的神?

51

那么唱完最后一支歌就让我们走吧。
当这夜过完就把这夜忘掉。
我想把谁紧抱在臂里呢？梦是永不会被捉住的。
我渴望的双手把“空虚”紧压在我心上，压碎了我的胸膛。

52

灯为什么熄了呢?
我用斗篷遮住它怕它被风吹灭，因此灯熄了。
花为什么谢了呢?
我的热恋的爱把它紧压在我的心上，因此花谢了。

泉为什么干了呢?

我筑起一道堤把它拦起给我使用，因此泉干了。
琴弦为什么断了呢？
我强弹一个它力不能胜的音节，因此琴弦断了。

53

为什么盯着我使我羞愧呢？
我不是来求乞的。
只为要消磨时光，我才来站在你院边的篱外。
为什么盯着我使我羞愧呢？

我没有从你园里采走一朵玫瑰，没有摘下一颗果子。
我谦卑地在任何生客都可站立的路边棚下，找个荫蔽。
我没有采走一朵玫瑰。

是的，我的脚疲乏了，骤雨又落了下来。
风在摇曳的竹林中呼叫。
云阵像败退似的跑过天空。
我的脚疲乏了。

我不知道你怎样看待我，或是你在门口等什么人。
电闪昏眩了你看望的目光。

我怎能知道你会看到站在黑暗中的我呢?
我不知道你怎样看待我。

白日过尽，雨势暂停。
我离开你园畔的树阴和草地上的座位。
日光已暗；关上你的门户吧；我走我的路。
白日过尽了。

54

市集已过，你在夜晚急急地提着篮子要到哪里去呢?
他们都挑着担子回家去了；月亮从树隙中下窥。
唤船的回声从深黑的水上传到远处野鸭睡眠的沼泽。
在市集已过的时候，你提着篮子急忙地要到哪里去呢?

睡眠把她的手指按在大地的双眼上。
鸦巢已静，竹叶的微语也已沉默。
劳动的人们从田间归来把席子展铺在院子里。
在市集已过的时候，你提着篮子急忙地要到哪里去呢?

55

正午的时候你走了。

烈日当空。

当你走的时候，我已做完了工作，坐在凉台上。

不定的风吹来，含带着许多远野的香气。

鸽子在树阴中不停地叫唤，一只蜜蜂在我屋里飞着，嗡出许多远野的消息。

村庄在午热中入睡了。路上无人。

树叶的声音时起时息。

我凝望天空，把一个我知道的人的名字织在蔚蓝里，当村庄在午热中入睡的时候。

我忘记把头发编起。困倦的风在我颊上和它嬉戏。

河水在浓阴岸下平静地流着。

懒散的白云动也不动。

我忘了编起我的头发。

正午的时候你走了。

路上尘土灼热，田野在喘息。

鸽子在密叶中呼唤。

我独坐在凉台上，当你走的时候。

56

我是妇女中为平庸的日常家务而忙碌的一个。

你为什么把我挑选出来，把我从日常生活的凉阴中带出来？

没有表现出来的爱是神圣的。它像宝石般在隐藏的心的朦胧里放光。在奇异的日光中，它显得可怜地晦暗。

呵，你打碎我心的盖子，把我颤栗的爱情拖到空旷的地方，把那阴暗的藏我心巢的一角，永远破坏了。

别的女人和从前一样。

没有一个人窥探到自己的最深处，她们不知道自己的秘密。

她们轻快地微笑，哭泣，谈话，工作。她们每天到庙里去，点上她们的灯，还到河中取水。

我希望能从无遮拦的颤羞中把我的爱情救出，但是你掉头不顾。

是的，你的前途是远大的，但是你把我的归路切断了，让我在世界的无睫毛的眼睛日夜瞪视之下赤裸着。

57

我采了你的花，呵，世界！

我把它压在胸前，花刺伤了我。

日光渐暗，我发现花儿凋谢了，痛苦却存留着。

许多有香有色的花又将来到你这里，呵，世界。

但是我采花的时代过去了，黑夜悠悠，我没有了玫瑰，只有痛苦存留着。

58

有一天早晨，一个盲女来献给我一串盖在荷叶下的花环。

我把它挂在颈上，泪水涌上我的眼睛。

我吻了她，说，“你和花朵一样的盲目。

“你自己不知道你的礼物是多么美丽。”

59

呵，女人，你不但是神的，而且是人的手工艺品；他们永远从心里用美来打扮你。

诗人用比喻的金线替你织网，画家们给你的身形以永新的不朽。

海献上珍珠，矿献上金子，夏日的花园献上花朵来装扮你，覆盖你，使你更加美妙。

人类心中的愿望，在你的青春上洒上光荣。

你一半是女人一半是梦。

60

在生命奔腾怒吼的中流，呵，石头雕成的“美”，你冷静无言，独自超绝地站立着。

“伟大的时间”依恋地坐在你脚边低语说：

“说话吧，对我说话吧，我爱，说话吧，我的新娘！”

但是你的话被石头关住了，呵，“不动的美”！

61

安静吧，我的心，让别离的时间甜柔吧。

让它不是个死亡而是圆满。

让爱恋融入记忆，痛苦融入诗歌吧。

让穿越天空的飞翔在巢上敛翼中终止。

让你双手的最后的接触，像夜中的花朵一样的温柔。

站住一会吧，呵，“美丽的结局”，用沉默说出最后的话语吧。

我向你鞠躬，举起我的灯来照亮你的归途。

62

在梦境的朦胧小路上，我去寻找我前生的爱。

她的房子是在冷静的街尾。

在晚风中，她爱养的孔雀在架上昏睡，鸽子在自己的角落里沉默着。

她把灯放在门边，站在我面前。

她抬起一双大眼望着我的脸，无言地问道，“你好么，我的朋友？”

我想回答，但是我们的语言迷失而又忘却了。

我想来想去，怎么也想不起我们叫什么名字。

眼泪在她眼中闪光，她向我伸出右手。我握住她的手静默地站着。

我们的灯在晚风中颤摇着熄灭了。

63

行路人，你必须走么？

夜是静寂的，黑暗在树林上昏睡。

我们的凉台上灯火辉煌，繁花鲜美，青春的眼睛还清醒着。

你离开的时间到了么？

行路人，你必须走么？

我们不曾用恳求的手臂来抱住你的双足。

你的门开着。你的立在门外的马，也已上了鞍鞯。

如果我们想拦住你的去路，也只是用我们的歌曲。

如果我们曾想挽留你，也只是用我们的眼睛。

行路人，我们没有希望留住你，我们只有眼泪。

在你眼里发光的是什么样的不灭之火？

在你血管中奔流的是什么样的不宁的热力？

从黑暗中有什么召唤在引动你？

你从天上的星星中，念到什么可怕的咒语，就是黑夜沉默而异样地走进你心中时带来的那个密封的秘密的消息？

如果你不喜欢那热闹的集会，如果你需要安静，困乏的心呵，我们就吹灭灯火，停止琴声。

我们将在风叶声中静坐在黑暗里，倦乏的月亮将在你窗上撒上苍白的光辉。

呵，行路人，是什么不眠的精灵从午夜的心中和你接触了呢？

64

我在大路灼热的尘土上消磨了一天。

现在，在晚凉中我敲着一座小庙的门。这庙已经荒废倒塌了。

一棵愁苦的菩提树，从破墙的裂缝里伸展出饥饿的爪根。

从前曾有过路人到这里来洗疲乏的脚。

他们在新月的微光中在院里摊开席子，坐着谈论异地的风光。

早起他们精神恢复了，鸟声使他们欢悦，友爱的花儿在道边向他们点首。

但是当我来的时候没有灯在等待我。

只有残留的灯烟熏污的黑迹，像盲人的眼睛，从墙上瞪视着我。

萤虫在涸池边的草里闪烁，竹影在荒芜的小径上摇曳。

我在一天之末做了没有主人的客人。

在我面前的是漫漫的长夜，我疲倦了。

65

又是你呼唤我么？

夜来到了，困乏像爱的恳求用双臂围抱住我。

你叫我了么?

我已把整天的工夫给了你，残忍的主妇，你还定要掠夺我的夜晚么?

万事都有个终结，黑暗的静寂是个人独有的。

你的声音定要穿透黑暗来刺激我么?

难道你门前的夜晚，没有音乐和睡眠么?

难道那翅翼不响的星辰，从来不攀登你的不仁之塔的上空么?

难道你园中的花朵，永不在绵软的死亡中坠地么?

你定要叫我么，你这不安静的人?

那就让爱的愁眼，徒然地因着盼望而流泪。

让灯盏在空屋里点着。

让渡船载那些困乏的工人回家。

我把梦想丢下，来奔赴你的召唤。

66

一个流浪的疯子在寻找点金石，他褐黄的头发乱蓬蓬地蒙着尘土，身体瘦到像个影子，他双唇紧闭，就像他的紧闭的心门，他的烧红的眼睛就像萤火虫的亮光在寻找他的爱侣。

无边的海在他面前怒吼。

喧哗的波浪，在不停地谈论那隐藏的珠宝，嘲笑那不懂得它们的意思的愚人。

也许现在他不再有希望了，但是他不肯休息，因为寻求变成他的生命，——

就像海洋永远向天伸臂要求不可得到的东西——

就像星辰绕着圈走，却要寻找一个永不能到达的目标——

在那寂寞的海边，那头发垢乱的疯子，也仍旧徘徊着寻找点金石。

有一天，一个村童走上来问，“告诉我，你腰上的那条金链是从哪里来的呢？”

疯子吓了一跳——那条本来是铁的链子真的变成金的了；这不是一场梦，但是他不知道是什么时候变了的。

他狂乱地敲着自己的前额——什么时候，呵，什么时候在他不知不觉之中得到成功了呢？

拾起大石去碰碰那条链子，然后不看看变化与否，又把它扔掉，这已成了习惯；就是这样，这疯子找到了又失掉了那块点金石。

太阳西沉，天空灿金。

疯子沿着自己的脚印走回，去寻找他失去的珍宝。他气力尽消，身体弯曲，他的心像连根拔起的树一样，萎垂在尘土里了。

67

虽然夜晚缓步走来，让一切歌声停息；
虽然你的伙伴都去休息而你也倦乏了；
虽然恐怖在黑暗中弥漫，天空的脸也被面纱遮起；
但是，鸟儿，我的鸟儿，听我的话，不要垂翅吧。

这不是林中树叶的阴影，这是大海涨溢，像一条深黑的龙蛇。
这不是盛开的茉莉花的跳舞，这是闪光的水沫。
呵，何处是阳光下的绿岸，何处是你的窝巢？
鸟儿，呵，我的鸟儿，听我的话，不要垂翅吧。

长夜躺在你的路边，黎明在朦胧的山后睡眠。
星辰屏息地数着时间，柔弱的月儿在夜中浮泛。
鸟儿，呵，我的鸟儿，听我的话，不要垂翅吧。

对于你，这里没有希望，没有恐怖。
这里没有消息，没有低语，没有呼唤。
这里没有家，没有休息的床。
这里只有你自己的一双翅翼和无路的天空。

鸟儿，呵，我的鸟儿，听我的话，不要垂翅吧。

68

没有人永远活着，弟兄，没有东西能得以经久。把这紧记在心及时行乐吧。

我们的生命不是那个旧的负担，我们的道路不是那条长的旅程。

一个单独的诗人，不必去唱一支旧歌。

花儿萎谢；但是戴花的人不必永远悲伤。

弟兄，把这个紧记在心及时行乐吧。

必须有一段完全的停歇，好把“圆满”编进音乐。

生命向它的黄昏下落，为了沉浸于金影之中。

必须从游戏中把“爱”召回，去饮忧伤之酒，再去生于泪天。

弟兄，把这紧记在心及时行乐吧。

我们忙去采花，怕被过路的风偷走。

去夺取稍纵即逝的接吻，使我们血液奔流双目发光。

我们的生命是热切的，愿望是强烈的，因为时间在敲着离别之钟。

弟兄，把这紧记在心及时行乐吧。

我们没有时间去把握一件事物，揉碎它又把它丢在地上。

时间急速地走过。把梦幻藏在裙底。

我们的生命是短促的；只有几天恋爱的工夫。

若是为工作和劳役，生命就变得无尽的漫长。

弟兄，把这紧记在心及时行乐吧。

美对我们是甜柔的，因为她和我们生命的快速调子应节舞蹈。

知识对我们是宝贵的，因为我们永不会有时间去完成它。

一切都在永生的天上做完。但是大地的幻象的花朵，却被死亡保持得永远新鲜。

弟兄，把这紧记在心及时行乐吧。

69

我要追逐金鹿。

你也许会讪笑，我的朋友，但是我追求那逃避我的幻象。

我翻山越谷，我游遍许多无名的土地，因为我要追逐金鹿。

你到市场采买，满载着回家，但不知从何时何地一阵无家之风吹到我身上。

我心中无牵无挂；我把一切所有都撇在后面。

我翻山越谷，我游遍许多无名的土地——因为我在追逐金鹿。

70

我记得在童年时代，有一天我在水沟里漂一只纸船。

那是七月的一个阴湿的天，我独自快乐地嬉戏。

我在沟里漂一只纸船。

忽然间阴云密布，狂风怒号，大雨倾注。

浑水像小河般流溢，把我的船冲没了。

我心里难过地想，这风暴是故意来破坏我的快乐的；它的一切恶意都是对着我的。

今天，七月的阴天是漫长的，我在默忆我生命中以我为失败者的一切游戏。

我抱怨命运，因为它屡次戏弄了我，当我忽然忆起我的沉在沟里的纸船的时候。

71

白日未尽，河岸上的市集未散。

我只恐我的时间浪掷了，我的最后一文钱也丢掉了。

但是，没有，我的弟兄，我还有些剩余。命运并没有把我的一切都骗走。

买卖做完了。

两边的手续费都收过了，该是我回家的时候了。

但是，看门的，你要你的辛苦钱么？

别怕，我还有点剩余。命运并没有把我的一切都骗走。

风声宣布着风暴的威胁，西方低垂的云影预报着恶兆。

静默的河水在等候着狂风。

我怕被黑夜赶上，急忙过河。

呵，船夫，你要收费！

是的，弟兄，我还有些剩余。命运并没有把我的一切都骗走。

路边树下坐着一个乞丐。可怜呵，他含着羞怯的希望看着我的脸！

他以为我富足地携带着一天的利润。

是的，弟兄，我还有点剩余。命运并没有把我的一切都骗走。

夜色愈深，路上静寂。萤火在草间闪烁。

谁以悄悄的蹑步在跟着我？

呵，我知道，你想掠夺我的一切获得。我必不使你失望！

因为我还有些剩余。命运并没有把我的一切都骗走。

夜半到家。我两手空空。

你带着切望的眼睛，在门前等我，无眠而静默。

像一只羞怯的鸟，你满怀热爱地飞到我胸前。

哎，哎，我的神，我还有许多剩余。命运并没有把我的一切都骗走。

72

用了几天的苦工，我盖起一座庙宇。这庙里没有门窗，墙壁是用层石厚厚地垒起的。

我忘掉一切，我躲避大千世界，我神注目夺地凝视着我安放在龛里的偶像。

里面永远是黑夜，以香油的灯盏来照明。

不断的香烟，把我的心缭绕在沉重的螺旋里。

我彻夜不眠，用扭曲混乱的线条在墙上刻画出一些奇异的图形——生翼的马，人面的花，四肢像蛇的女人。

我不在任何地方留下一线之路，使鸟的歌声，叶的细语，或村镇的喧嚣得以进入。

在沉黑的仰顶上，惟一的声音是我礼赞的回响。

我的心思变得强烈而镇定，像一个尖尖的火焰。我的感官在狂欢中昏晕。

我不知时间如何度过，直到巨雷震劈了这座庙宇，一阵剧痛刺穿我的心。

灯火显得苍白而羞愧；墙上的刻画像是被锁住的梦，无意义地瞪视着，仿佛要躲藏起来。

我看着龛上的偶像。我看见它微笑了，和神的活生生的接触，它活了起来。被我囚禁的黑夜，展起翅来飞逝了。

73

无量的财富不是你的，我的耐心的微黑的尘土母亲。

你操劳着来填满你孩子们的嘴，但是粮食是很少的。

你给我们的欢乐礼物，永远不是完全的。

你给你孩子们做的玩具，是不牢的。

你不能满足我们的一切渴望，但是我能为此就背弃你么？

你的含着痛苦阴影的微笑，对我的眼睛是甜柔的。

你的永不满足的爱，对我的心是亲切的。

从你的胸乳里，你是以生命而不是以不朽来哺育我们，因此你的眼睛永远是警醒的。

累年积代地你用颜色和诗歌来工作，但是你的天堂还没有盖起，仅有天堂的愁苦的意味。

你的美的创造上蒙着泪雾。

我将把我的诗歌倾注入你无言的心里，把我的爱倾注入你的爱中。

我将用劳动来礼拜你。

我看见过你的温慈的面庞，我爱你的悲哀的尘土，大地母亲。

74

在世界的谒见堂里，一根朴素的草叶，和阳光与夜半的星辰，坐在同一条毡褥上。

我的诗歌，也这样地和云彩与森林的音乐，在世界的心中平分席次。

但是，你这富有的人，你的财富，在太阳的喜悦的金光和沉思的月亮的柔光，这种单纯的光彩里，却占不了一份。

包罗万象的天空的祝福，没有撒在它的上面。

等到死亡出现的时候，它就苍白枯萎，碎成尘土了。

75

夜半，那个自称的苦行人宣告说：

“弃家求神的时候到了。呵，谁把我牵住在妄想里这么久呢？”

神低声说，“是我，”但是这个人的耳朵是塞住的。

他的妻子和吃奶的孩子一同躺着，安静地睡在床的那边。

这个人说，“什么人把我骗了这么久呢？”

声音又说，“是神，”但是他听不见。

婴儿在梦中哭了，挨向他的母亲。

神命令说，“别走，傻子，不要离开你的家，”但是他还是听不见。

神叹息又委屈地说，“为什么我的仆人要把我丢下，而到处去找我呢？”

76

庙前的集会正在进行。从一早起就下雨，这一天快过尽了。

比一切群众的欢乐还光辉的，是一个花一文钱买到一个棕叶哨子的小女孩的光辉的微笑。

哨子的尖脆欢乐的声音，在一切笑语喧哗之上飘浮。

无尽的人流来挤在一起，路上泥泞，河水在涨，在不停的雨下，田地都没在水里。

比一切群众的烦恼更深的，是一个小男孩的烦恼——他连买那根带颜色的小棍的一文钱都没有。

他苦闷的眼睛望着那间小店，使得这整个人类的集会变成可悲悯的。

77

西乡来的工人和他的妻子正忙着替砖窑挖土。

他们的小女儿到河边的渡头上；她无休无歇地擦洗锅盘。

她的小弟弟，光着头，赤裸着黧黑的涂满泥土的身躯，跟着她，听她的话在高高的河岸上耐心地等着她。

她顶着满瓶的水平稳地走回家去，左手提着发亮的铜壶，右手拉着那个孩子——她是她妈的小丫头，繁重的家务使她变得严肃了。

有一天我看见那赤裸的孩子伸着腿坐着。

他姐姐坐在水里，用一把土在转来转去地擦洗一把水壶。

一只毛茸茸的小羊，在河岸上吃草。

它走近这孩子身边，忽然大叫了一声，孩子吓得哭喊起来。

他姐姐放下水壶跑上岸来。

她一只手抱起弟弟，一只手抱起小羊，把她的爱抚分成两半，人类和动物的后代在慈爱的连结中合一了。

78

在五月天里。闷热的正午仿佛无尽地悠长。干地在灼热中渴得张着口。

当我听到河边有个声音叫道，“来吧，我的宝贝！”

我合上书开窗外视。

我看见一只皮毛上尽是泥土的大水牛，眼光沉着地站在河边；一个小伙子站在没膝的水里，在叫它来洗澡。

我高兴而微笑了，我心里感到一阵甜柔的接触。

79

我常常思索，人和动物之间没有语言，他们心中互相认识的界线在哪里。

在远古创世的清晨，通过哪一条太初乐园的单纯的小径，他们的心曾彼此访问过。

他们的亲属关系早被忘却，他们不变的足印的符号并没有消灭。

可是忽然在这无言的音乐中，那模糊的记忆清醒起来，动物用温柔的信任注视着人的脸，人也用嬉笑的感情下望着它的眼睛。

好像两个朋友戴着面具相逢，在伪装下彼此模糊地互认着。

80

用一转的秋波，你能从诗人的琴弦上夺去一切诗歌的财富，美妙的女人！

但是你不愿听他们的赞扬，因此我来颂赞你。

你能使世界上最骄傲的头在你脚前俯伏。

但是你愿意崇拜的是你所爱的没有名望的人们，因此我崇拜你。

你的完美的双臂的接触，能在帝王的荣光上加上光荣。

但你却用你的手臂去扫除尘土，使你微贱的家庭整洁，因此我心中充满了钦敬。

81

你为什么这样低声地对我耳语，呵，“死亡”，我的“死亡”？

当花儿晚谢，牛儿归棚，你偷偷地走到我身边，说出我不了解的话语。

难道你必须用昏沉的微语和冰冷的接吻，来向我求爱来赢得我心么，呵，“死亡”，我的“死亡”？

我们的婚礼不会有铺张的仪式么？

在你褐黄的鬈发上不系上花串么？

在你前面没有举旗的人么？你也没有通红的火炬，使黑夜像着火一样地明亮么，呵，“死亡”，我的“死亡”？

你吹着法螺来吧，在无眠之夜来吧。

给我穿上红衣，紧握我的手把我娶走吧。

让你的驾着急躁嘶叫的马的车辇，准备好等在我门前吧。

揭开我的面纱骄傲地看我的脸吧，呵，“死亡”，我的“死亡”。

82

我们今夜要做“死亡”的游戏，我的新娘和我。

夜是深黑的，空中的云霾是翻腾的，波涛在海里咆哮。

我们离开梦的床榻，推门出去，我的新娘和我。

我们坐在秋千上，狂风从后面猛烈地推送我们。

我的新娘吓得又惊又喜，她颤抖着紧靠在我的胸前。

许多日子我温存服侍她。

我替她铺一个花床，我关上门不让强烈的光射在她眼上。

我轻轻地吻她的嘴唇，软软地在她耳边低语，直到她困倦得半入昏睡。

她消失在模糊的无边甜柔的云雾之中。

我摩抚她，她没有反应；我的歌唱也不能把她唤醒。

今夜，风暴的召唤从旷野来到。

我的新娘颤抖着站起，她牵着我的手走了出来。

她的头发在风中飞扬，她的面纱飘动，她的花环在胸前习习作响。

死亡的推送把她摇晃活了。

我们面面相看，心心相印，我的新娘和我。

83

她住在玉米地边的山畔，靠近那股嬉笑着流经古树的庄严的阴影的清泉。女人们提罐到这里来装水，过客们在这里谈话休息。她每天随着潺潺的泉韵工作幻想。

有一天，一个陌生人从云中的山上下来；他的头发像醉蛇一样的纷乱。我们惊奇地问，“你是谁？”他不回答，只坐在喧闹的水边沉默地望着她的茅屋。我们吓得心跳，到了夜里我们都回家去了。

第二天早晨，女人们到杉树下的泉边取水，她们发现她茅屋的门开着，但是，她的声音没有了，她的微笑的脸哪里去了呢？

空罐立在地上，她屋角的灯，油尽火灭了。没有人晓得在黎明以前，她跑到哪里去了——那个陌生人也不见了。

到了五月，阳光渐强，冰雪化尽，我们坐在泉边哭泣。我们心里想，“她去的地方有泉水么，在这炎热焦渴的天气中，她能到哪里去取水呢？”我们惶恐地对问，“在我们住的山外还有地方么？”

夏天的夜里，微风从南方吹来；我坐在她的空屋里，没有点上的灯仍在那里立着。忽然间那座山峰，像帘幕拉开一样从我眼前消失了。“呵，那是她来了。你好么，我的孩子？你快乐么？在无遮的天空下，你有个荫凉的地方么？可怜呵，我们的泉水不在这里供你解渴。”

“那边还是那个天空，”她说，“只是不受屏山的遮隔，——也还是那股流泉长成江河，——也还是那片土地伸广变成平原。”“一切都有了，”我叹息说，“只有我们不在。”她含愁地笑着说，“你们是在我的心里。”我醒起听见泉流潺潺，杉树的叶子在夜中沙沙地响着。

84

黄绿的稻田上掠过秋云的阴影，后面是狂追的太阳。
蜜蜂被光明所陶醉；忘了吸蜜只痴呆地飞翔嗡唱。
河里岛上的鸭群，无缘无故地欢乐地吵闹。
我们都不回家吧，兄弟们，今天早晨我们都不去工作。
让我们以狂风暴雨之势占领青天，让我们飞奔着抢夺空间吧。
笑声飘浮在空气上，像洪水上的泡沫。
弟兄们，让我们把清晨浪费在无用的歌曲上面吧。

85

你是什么人，读者，百年后读着我的诗？

我不能从春天的财富里送你一朵花，从天边的云彩里送你一片金影。开起门来四望吧。

从你的群花盛开的园子里，采取百年前消逝了的花儿的芬芳记忆。

在你心的欢乐里，愿你感到一个春晨吟唱的活的欢乐，把它快乐的声音，传过一百年的时间。

（冰心 译）

新月集

家 庭

我独自在穿过田野的大路上踽踽而行，夕阳正在把它最后的黄金收藏起来，像个悭吝人一般。

白昼愈来愈深地沉没到黑暗里去了；而孤苦无依的大地，地上的庄稼收割殆尽，默默无言地躺在那儿。

一个孩子的尖锐的声音突然响彻云霄。孩子横渡看不见的黑暗，把他歌声的踪迹，留在黄昏的寂静上。

他那乡村的家庭坐落在荒地尽头、甘蔗田外，藏在香蕉树和细长的槟榔树、椰子树和深绿色的木菠萝树的树影里。

我在星光下我那孤寂的路上小立片刻，看到面前伸展着黑沉沉的大地，大地正以她的双臂环抱着不计其数的家庭，这家家户户都有着孩子的摇篮和大人的眠床，母亲的心和黄昏的灯，以及全然不知其欢乐对于世界的价值的、兴高彩烈的年轻的人。

在 海 边[1]

孩子们在大千世界的海滨集会。

头上无垠的天空是静止的，而无休止的海水奔腾澎湃。集会在大千世界的海滨，孩子们欢呼跳跃。

他们用沙子建造房屋，他们用空贝壳游戏，他们用枯叶编成小船，微笑着把小船漂浮在茫茫大海上。孩子们游戏在大千世界的海滨。

他们不会游泳，他们不会撒网。采珠人潜水寻找珍珠，商人扬帆航行，而孩子们捡来了卵石，又重新把卵石撒掉了。他们不寻求隐藏的财宝，他们不知道如何撒网。

大海欢笑着涌起洪波，海滩上闪耀着苍白的微笑。致人死命的海浪，对孩子们唱着毫无意义的歌谣，竟像母亲摇晃婴儿的摇篮时

---

① 此诗也收在颂神的诗集《吉檀迦利》里，即第60首，在泰戈尔看来："上帝借助于一个儿童，在成人的大门口重复它的呼唤。"这诗歌颂儿童，也歌颂体现在儿童身上的神性。

一样。大海和孩子们游戏，海滩上闪耀着苍白的微笑。

孩子们在大千世界的海滨集会。风暴在无路的天空里激荡，船舶在无轨的水面上颠覆，死亡横行，而孩子们在游戏。在大千世界的海滨，孩子们正举行盛大的集会。

源　　泉①

在婴儿眼睛上掠过的睡眠——可有人知道它是从哪儿来的？是的，谣传说，它的寓所是在仙乡之中流萤蒙眬地照亮的森林阴影里；那儿还挂着两个羞怯的令人陶醉的蓓蕾呢。它便是从那儿过来亲吻婴儿的眼睛的。

婴儿熟睡时在唇边闪现的微笑——可有人知道它是在哪儿诞生的？是的，谣传说，新月的一道初露的白色微光，触到了正在消散的秋云的边缘，微笑便在那儿第一次诞生于露水洗净的早晨的梦里——这便是婴儿熟睡时在唇边闪现的微笑。

从婴儿的四肢上像花香一样散发出来的温柔鲜嫩的气息——可有人知道它在哪儿藏了那么长久？是的，那母亲还是个少女的时候，它就在爱情柔嫩寂静的神秘里沁润着她的心了。——这便是从婴儿四肢上像花香一样散发出来的温柔鲜嫩的气息。

① 此诗也收在《吉檀迦利》内，即第61首。

婴儿之道

只要婴儿有这个愿望，他此时此刻就可以飞到天上去。

他所以不离开我们，并非无缘无故。

他爱把头枕在母亲的胸口；看不见母亲，他心里就受不了。

婴儿知道各式各样的聪明话，尽管世上没有什么人能懂得这些话的意义。

他所以从来不想讲话，并非无缘无故。

他想做的一件事，就是从母亲的嘴唇上学习母亲的话。这就是为什么他看上去那么天真无邪。

婴儿自有一堆金子和珍珠，然而他像个乞儿似的来到这个世界上。

他所以如此乔装改扮，并非无缘无故。

这可爱的赤身裸体的小乞儿，假装全然无依无靠，便是为了乞求母亲的慈爱之财。

婴儿在小巧玲珑的新月世界里，是什么束缚也没有的。

他所以放弃这种自由，并非无缘无故。

他知道慈母心中小小一角就可以容纳无穷的欢乐，被母亲逮住了、紧抱在她慈爱的双臂里，远比自由甜蜜。

婴儿从来不知道如何号哭。他住在完美的幸福国土里。

他所以要流泪，并非无缘无故。

尽管他可爱脸蛋上的微笑，已把母亲宠爱的心吸引到了他的身上，而他为了小小麻烦而稍稍哭几声，又编成了怜惜和慈爱的双重情结。

不被注意的场面

啊，我的孩子，谁给你的小罩衫染上了颜色？谁用这小红袍遮住了你可爱的四肢？

你在大清早就跑出来，到院子里玩儿，你一边儿跑，一边儿摇摇晃晃、跌跌撞撞。

但，我的孩子，谁给你的小罩衫染上了颜色？

什么事情使你哈哈大笑，我的生命的小芽儿？

母亲站在门口，对你莞尔微笑。

母亲拍着手，她的手镯叮当作响，而你手里拿着根竹竿在跳舞，活像一个小不点儿的牧童。

但，是什么事情使你哈哈大笑，我的生命的小芽儿？

啊，乞儿，你双手搂住母亲的脖子，乞求什么？

啊，贪婪的心，难道要我把世界像个果实似的从天空中摘下来，放到你玫瑰红的小手掌里去吗？

啊，乞儿，你在乞求什么？

风欣然带走了你脚镯的叮当声。

太阳莞尔微笑，瞧着你的打扮。

你睡在你母亲的怀抱里时，天空俯瞰着你，早晨踮着脚尖走到你的床边，亲吻你的眼睛。

风欣然带走了你脚镯的叮当声。

梦中的仙女翱翔着穿过昏暗的天空，正向你飞来。

在你母亲的心坎上，“世界母亲”一直坐在你的身边。

向繁星奏乐的人，正拿着长笛站在你的窗口。

而梦中的仙女翱翔着穿过昏暗的天空，正向你飞来。

偷睡眠者

谁从婴儿的眼睛里偷走了睡眠？我一定要知道。

母亲腰间挟着水罐，到邻近的村子里汲水去了。

正是中午。孩子们游戏的时间已经过去了，池塘里的鸭子寂静无声。

牧童躺在榕树浓阴下呼呼大睡。

白鹤站在芒果树旁沼泽里，庄严而又安静。

就在这个时候，偷睡眠者来了，从婴儿的眼睛里偷盗了睡眠就飞走了。

母亲回来的时候，看见婴儿四肢着地在房间里爬来爬去游玩啊。

谁从婴儿的眼睛里偷走了睡眠？我一定要知道。我一定要找到他，把他锁起来。

我一定要朝那黑洞里张望。那儿有一股小小泉水，在巨砾和阴沉的石头之间，涓涓滴滴地流过。

我一定要到醉花林中慵倦的树阴下去寻找。那儿有鸽子在角落里咕咕叫唤，仙女的脚镯在繁星之夜的寂静里叮当作响。

黄昏里我要在静悄悄的飒飒竹林里窥视张望，流萤在那儿浪费它们的光芒，而我要向我遇到的每一个人打听："可有人能告诉我，偷睡眠者住在什么地方？"

谁从婴儿的眼睛里偷走了睡眠？我一定要知道。

只要我能逮住他，我不狠狠地教训他才怪哩！

我要闯进他的巢穴，瞧瞧他把偷来的一切睡眠，究竟藏在什么地方？

我要把睡眠全都夺回来，带回家去。

我要牢牢地缚住他的两个翅膀，把他摆在河岸上，然后让他用一根芦苇，在灯心草和睡莲之间钓鱼玩耍。

黄昏里，市集的交易结束了，村里的孩子们坐在母亲们的膝头上时，夜鸟会嘲弄地在他的耳朵里絮絮不休地说道：

"现在你还想偷谁的睡眠吗？"

开　端

“我是从哪儿来的，你在哪儿把我捡来的？”婴儿问他的母亲道。

母亲把婴儿紧紧抱在怀里，又是哭又是笑地答道：

“我的心肝，你是我藏在我心里的心愿。

“你存在于我童年游戏的泥娃娃之间，每天早晨我用泥土塑我的神像，那时我就把你塑了又毁了。

“你同我们的家神一起供在神龛里，我礼拜家神时也礼拜了你。

“你曾经生活在我的一切希望和爱情里，你曾经生活在我的生命和我母亲的生命里。

“你已经在主宰我们家庭的、不灭的精灵的怀抱里养育了好几个世代了。

“我是个姑娘的时候，我的心展开了它的花瓣，而你像馥郁香气缭绕在它的周围。

“你的温柔娇嫩，像花一般的盛开在我青春焕发的四肢上，仿佛是日出前天空里的霞光。

“天堂的第一个心肝宝贝，晨曦的孪生兄弟，你在世界的生命之流里顺流而下，终于停泊在我的心头了。

“当我端详着你的脸蛋时，神秘奥妙之感把我压倒了；原是属于大家的你，竟变成是我的了。

“生怕失掉你，我把你紧紧抱在怀里。是什么魔法，使你这世界的珍宝，落到了我纤细手臂的怀抱里？”

婴儿世界

我但愿能在我婴儿自己的世界的中心，找到一角清净的地方。

我知道婴儿自有繁星跟他说话，自有天空屈尊俯瞰他的脸蛋，以傻乎乎的白云和彩虹供他消遣。

那些假装哑巴的，看上去永远不能行动的，都带着它们的故事，捧着装满彩色玩具的盘子，匍匐着来到他的窗前。

我但愿能在那穿过婴儿心灵的道路上旅行，而且超出一切界限。

在那儿，使者奉了无缘无故的使命，奔走于不见诸于历史的、国王们的王国之间。

在那儿，理智以其规律做成风筝，送它上云霄，真理也使事实摆脱了桎梏。

恍然大悟[1]

我送你彩色玩具的时候，我的孩子，我懂得了为什么云里水里会变幻出色彩缤纷，为什么百花点染着姹紫嫣红——就在我送你彩色玩具的时候，我的孩子。

我唱着歌使你跳舞的时候，我真正明白了为什么绿叶萧萧，响出音乐，为什么波浪澎湃把合唱的声音送到静静谛听的大地内心——就在我唱着歌使你跳舞的时候。

我把糖果送到你贪馋的双手里的时候，我知道了为什么花蕊里有蜜，为什么水果里悄悄地充满了甜甜果汁——就在我把糖果送到你贪馋的双手里的时候。

我吻你的脸使你微笑的时候，我的宝贝，我确实领悟了晨光里从天空流下来的是什么喜悦，夏天的凉风给我的身体带来的又是什么快感——就在我吻你使你微笑的时候。

---

① 此诗亦收入《吉檀迦利》，即第62首。看来泰戈尔认为：孩子能启发人们对自然界，从而对神或“无限”的信息，有所认识、恍然大悟的。此诗按原题直译，应为《什么时候和为什么》。

吹毛求疵

我的孩子，为什么你眼睛里含着这些眼泪？

他们老是吹毛求疵地责备你，多么可怕！

你写字时墨水弄到了你的手指上和脸上——这就是他们说你肮脏的缘故吗？

呀，呸！圆月的脸上涂着墨水，他们敢说它肮脏吗？

我的孩子，他们为每一件细小的事情责备你。他们老是准备吹毛求疵。

你玩耍的时候扯破了衣服——这就是他们说你不整洁的缘故吗？

呀，呸！秋天的早晨，透过破破烂烂的云，露出微笑，他们会说它什么呢。

我的孩子，他们说你什么，你都不要理会。

他们把你的失误记下了长长的一大笔账。

人人都知道你十分喜欢糖果——这就是他们说你贪馋的缘故吗？

呀，呸！我们十分喜欢你，那么，他们又会说我们是什么呢？

裁　判

你爱怎么说他就怎么说吧，可是我倒知道我的孩子的弱点的。
我爱他，并不因为他好，而是因为他是我的幼稚的孩子。
权衡他的优点和缺点时，你怎么会知道他有多么可爱？
当我非惩罚他不可的时候，他就变得越发是我的一部分了。
当我使他流泪的时候，我的心和他一同哭泣。
唯独我一个人有权利骂他罚他，因为只有爱他的人才能治他。

玩　　具

孩子，你多么快乐，整个儿早晨坐在泥土里，玩着一根折下来的树枝。

我莞尔微笑，看你玩着那折下来的小小树枝。

我忙于算账，一小时又一小时地把数字加起来，加起来。

也许你瞧我一眼，心中想道："好一个愚蠢的游戏，把你的早晨都糟蹋掉了！"

孩子，聚精会神玩树枝与泥饼的技艺，我已经忘记了。

我搜求昂贵的玩具，收集金块和银块。

你不论找到什么都可以创造出快乐的游戏，我却在我永远得不到的东西上浪费我的时间和精力。

我挣扎着驾驶脆弱的独木舟横渡欲望之海，却忘记了我也在做着游戏。

天文学家

我只是说："黄昏里，圆圆满月在迦具波树的枝头卡住了的时候，有人能去捉住它吗？"

哥哥却嘲笑我道："小东西，你是我所见到的最傻的孩子了。月亮离我们那么远，有谁能捉住它呢？"

我说："哥哥，你多傻！妈妈向窗外张望，微笑着往下看我们玩耍时，你能说她离我们远吗？"

哥哥还是说："你是个蠢孩子！可是，小东西，你上哪儿去找个大得能套住月亮的网呢？"

我说："你当然能用你的双手捉住月亮啊。"

然而哥哥大笑道："你是我所见到的最傻的孩子。如果月亮走近来，你就会知道它有多大了。"

我说："哥哥，你们学校里教的，都是胡说八道。妈妈低下脸蛋吻我们时，难道她的脸蛋看上去很大吗？"

然而哥哥还是说："你是个愚蠢的孩子。"

云 和 浪

妈妈，住在云端里的人们向我呼唤——

“我们一醒来就玩，一直玩到白昼的尽头。

“我们和金色的黎明玩儿，我们和银色的月亮玩儿。”

我问：“可我怎样到你们那儿去呢？”

他们答道：“到地球的边上来，举手向天，你就会被接到云端里来了。”

“我妈妈正在家里等我，”我说，“我怎么能丢下妈妈上天来呢？”

于是云微笑着飘浮而过。

但我知道一个比它更妙的游戏，妈妈。

我做云，你做月亮，

我要伸出双手遮掩你，而我们家的屋顶便是苍天。

住在波浪里的人们向我呼唤。

“我们从早晨唱到黑夜，我们往前再往前地旅行，也不知道我们经过了什么地方。”

我问：“可我怎样参加你们的旅行呢？”

他们告诉我："到海滩边上来，眼睛站着，你就会被带到波浪上来了。"

我说："妈妈总是希望我晚上待在家里——我怎么能丢下她走掉呢？"于是波浪微笑，跳着舞涌过去了。

但我知道一个比它更好的游戏。

我做波浪，你做陌生的海岸。

我将翻滚着涌过来，涌过来，哈哈大笑着，浪花飞溅地撞在你的裙兜上。

世界上没有一个人会知道我们俩是在什么地方。

金香木花

如果我闹着玩儿，变成一朵金香木花，长在那树的高枝上，在风中笑得摇摇摆摆，在新生嫩叶上跳舞，妈妈，你认得出是我吗？

你会叫唤："孩子，你在哪儿啊？"我要暗自好笑，一声也不吭。

我要暗暗展开花瓣，看着你工作。

你洗澡之后，湿发披在两肩，穿过金香木花的阴影，走到小院子里去祈祷时，你会闻到花香芬芳，可你不知道这芳香是从我身上发出来的。

午餐之后，你坐在窗边读《罗摩衍那》[1]，树影落在你的头发与膝头上时，我要把我小而又小的影子投在你的书页上，就投在你正在阅读的地方。

可你会猜到这就是你的小孩子的小而又小的影子吗？

黄昏时分，你手中掌着点亮的灯，走到牛棚里去，我要突然再落到地上，重新成为你自己的孩子，求你给我讲个故事。

"你这顽皮孩子，你上哪儿去了？"

"妈妈，我才不告诉你呢。"这就是我同你要说的话了。

① 《罗摩衍那》：印度两大史诗之一，共七卷，约两万四千颂，每颂两行。我国有季羡林先生的全译本。

小小仙境

如果人们知道了我的国王的王宫在什么地方，王宫就会消失在空气里。

宫墙是白色的银子做的，屋顶是闪光的金子做的。

王后住在有七个庭院的御苑里，她佩戴的珠宝，价值七个王国的全部财富。

不过，让我悄悄告诉你，妈妈，我的国王的王宫在什么地方。

王宫就在我们的阳台角落里，安置那盆杜尔茜花的地方。

公主躺在隔着七个不可逾越的海洋的彼岸，沉沉睡去。

除了我自己，世界上没有人能找到公主。

公主手臂上戴着手镯，耳朵上挂着珍珠耳坠，她的长发下垂，拂在地板上。

我用魔杖触动她时，她会醒过来；而她微笑时，珠宝会从她的唇边落下来。

不过，让我凑着你的耳朵悄悄告诉你，妈妈，她就在我们的阳台角落里，安置那盆杜尔茜花的地方。

你要到河边去洗澡的时候，你走到屋顶阳台上来吧。

我就坐在墙垣的影子聚首相会的那个角落里。

我只让小猫咪跟着我，因为小猫咪知道故事里的理发匠住在什么地方。

不过，让我凑着你的耳朵悄悄告诉你，妈妈，故事里的理发匠住在什么地方。

就住在我们的阳台角落里，安置那盆杜尔茜花的地方。

流放的地方

妈妈，天空里的光芒逐渐暗淡；我不知道是什么时候了。

我的游戏一点儿也不好玩，所以我到你身边来了。今天是星期六，是我和你的假日。

放下你的活计吧，妈妈；坐在靠窗的这一边，告诉我，神话里的特潘塔沙漠，究竟在什么地方。

大雨的阴影遮盖着白昼，从这头遮到那头。

凶猛的闪电正在用它的爪子抓着天空。

乌云轰响、雷声隆隆的时候，我心里害怕，我依附在你的身边，我喜欢这样。

大雨在竹叶上哗啦啦的响上好几个钟点，我家的窗子也随着阵风震得格格的响，这时候，妈妈，我喜欢单独和你一起坐在房间里，听你讲到神话里的特潘塔沙漠。

妈妈，沙漠究竟在哪儿，在什么海的海滩上，在什么山的山麓下，在什么国王的王国里？

那儿没有标明田地疆界的篱笆，也没有村民们可以在晚间走回村去、或者让妇女们在森林捡了枯枝可以运到市场上去的小径。特潘塔沙漠躺在那儿，沙土里只有小块的黄色枯草，只有一棵树，一对聪明的老鸟在树上做巢。

我可以想象，就在这样一个乌云满天的日子，国王的年轻的儿子，怎样独自骑着灰色马穿过沙漠，去寻找那被囚禁在不可知的海洋彼岸巨人宫里的公主。

当蒙蒙雨雾从遥远的天空下降，电光闪射如突然发作的疼痛，他可记得他的不幸的母亲，被国王抛弃，正在打扫牛棚，擦着眼泪，当他骑马穿过神话里的特潘塔沙漠的时候，

妈妈，你瞧，白昼还没有完，天色就差不多黑了，那边儿村子里路上已经没有行人了。

牧童早已从牧场上回家来了，人们离开了耕地，坐在屋檐下的草席上，望着那苦着脸的愁云。

妈妈，我把我所有的书都放在书架上了——现在可不要叫我做功课。

等我长大了，长得跟爸爸一样大了，我会把必须学习的都学到手的。

可是，妈妈，你今天得告诉我，神话里的特潘塔沙漠在哪儿？

雨　天

阴沉沉的云霾正在森林漆黑的边缘上迅速聚拢来。

啊。孩子，可别出门！

湖滨一行棕榈正把脑袋往阴郁天空乱撞；翅膀潮湿邋遢的乌鸦默不作声地栖息在罗望子树枝上，河流的东岸萦绕着逐渐加深的暝色。

我们的母牛系在篱笆上，哞哞鸣叫。

啊，孩子，你且在这儿等候，等我先把母牛牵进牛棚。

男人们聚集在积水的田地里，捕捉从泛滥的鱼塘里逃出来的鱼儿；雨水汇成小河，从狭窄小巷里奔流而出，像个小男孩哈哈大笑着从母亲身边跑开去，故意惹母亲生气。

听！有人在浅滩上呼叫船夫呢。

啊，孩子，天色昏黑，渡口的摆渡船已经停驶了。

天空仿佛在疯狂倾泻的大雨之上疾驰；河里的水喧闹而又急

躁；妇女们早已挟着盛满的水罐，从恒河畔匆匆赶回家里来了。

晚上的灯，一定得准备好。

啊，孩子，可别出门！

到市场去的大路已经寂无行人，通往河边的小巷泥泞难行。风在竹林的枝枝叶叶间咆哮挣扎，像是一头落进罗网的野兽。

纸　　船

一天天的，我把纸船一个个的放在奔流的溪水里。

我用又大又黑的字母，在纸船上写下我的姓名和我居住的乡村。

我希望陌生的土地上有人会发现这些纸船，知道我是谁。

我从我的花园里采集了秀丽花，装在我的小船里，希望这些曙光之花会安全运达夜的国土。

我送我的纸船下水，仰望天空，我看到小小云朵正张着鼓鼓的白帆。

我不知是天空里我的什么游伴把它们放下来同我的纸船竞赛！

夜来了，我的脸埋在手臂里，我梦见我的纸船在子夜星光下向前飘浮，飘浮。

睡眠的精灵在纸船里扬帆前进，船里载的是装满了梦的篮子。

水　手

船夫马德胡的船停泊在拉吉冈吉的码头上。

船上毫无用处地装满了黄麻，闲着停泊在那儿已经好久了。

只要他愿意把船借给我，我就给它配备一百条桨，扯起五个、六个乃至七个篷帆来。

我决不把船驶到愚蠢的市场上去。

我要扬帆走遍仙人世界的七个大海和十三条河流。

可是，妈妈，你可别为我躲在一个角落里哭泣。

我可不像罗摩犍陀罗[①]，深入森林，十四年后方才回家。

我将成为故事里的王子，在船里装满了我所喜欢的东西。

我将带我的朋友阿舒同去，我们将快快乐乐地扬帆走遍仙人世界的七个大海和十三条河流。

我们将在清晨的阳光里扬帆启碇。

中午你在池塘里洗澡的时候，我们便将在一个陌生国王的国土上了。我们将经过蒂尔浦尼浅滩，把特潘塔沙漠抛在我们的后面。

---

① 罗摩犍陀罗：孩子说的是《罗摩衍那》的主角，即罗摩。他放弃了继承王位的权利，和妻子悉多在森林中过了十四年的流放生活。

我们回来时，天快要黑了，我将把我们见到的一切都告诉你。

我要扬帆走遍仙人世界的七个大海和十三条河流。

对　岸

我渴望着要到河流的对岸去，

那儿的船只排成一行，系在竹竿上，

人们在早晨乘船渡过河去，肩上扛着犁，去耕耘他们的遥远的田地；

牧人们驱赶着哞哞鸣叫的牛群游到对面河边的牧场上去；

黄昏时分，他们都从那儿回家来了，留下豺狼在长满野草的岛上号叫。

妈妈，如果你不反对，我长大后要做个摆渡的船夫。

据说，在那高高的河岸背后，藏着许多奇怪的池塘，

下过雨后，便有一群群野鸭来到池上；而环绕池边密密地长着芦苇的地方，水鸟在那儿下蛋；

舞弄着尾巴的沙锥鸟，把它们细小的足印踩在洁净的软泥上；

黄昏时分，头顶着白花的长长茂草，邀请月光在草浪上浮游。

妈妈，如果你不反对，我长大后要做个摆渡的船夫。

我要在河岸与河岸之间来来往往，村子里所有在河中洗澡的少男少女都会惊奇地瞧着我。

当太阳爬上中天，早晨变为正午，我要跑到你身边来，说：“妈妈，我肚子饿了！”

当白昼完结、阴影在树下哆嗦，我就在暮色中回来。

我决不像爸爸那样离开你到城里去工作。

妈妈，如果你不反对，我长大后要做个摆渡的船夫。

花儿学校

雷电交作的风云在天空隆隆的响，六月的阵雨哗啦啦地倾泻而下，

潮湿的东风疾卷过荒原，到竹林里来吹它的风笛，

这时，成群的花儿便从谁也不知道的地方冒了出来，欢天喜地的在青草上跳舞。

妈妈，我真的觉得花儿们是在地下学校里上学。

它们关起校门做功课，如果它们违反校规，过早的跑出来玩儿，它们的老师就要罚它们站在墙角里。

大雨来时，花儿们便放假了。

树枝在林中磕磕碰碰，树叶在狂风中簌簌的响，雷电交作的黑云鼓着巨掌，而花儿娃娃们便穿着粉红、鹅黄、雪白的衣裳，冲出来了。

妈妈，你可知道，花儿的家是在天上，在星星居住的地方。

你不看见花儿们急着要到天上去吗？难道你不知道它们为什么

这样急急忙忙吗?

当然啦，我猜得出花儿们向谁伸出了双臂：因为花儿自有花儿的妈妈，就像我有我自己的妈妈一样。

商　人

妈妈，设想你待在家里，而我到陌生的地方去旅行。

设想我的船已经装满货物，在码头上准备启碇了。

妈妈，你好生想一想后告诉我：我回来时给你带什么东西？

妈妈，你可要成堆成堆的黄金？

金色河流两岸，田畴里长满了金黄的庄稼。

森林遮阴的小径上，金黄的金香木花纷纷掉在地上。

我都要为你收集起来，装进几百个篮子里。

妈妈，你可要像秋天的雨点那么大的珍珠？

我要渡海到珍珠岛的岸上去。

岛上清晨的曙光里，珍珠在草原野花上颤动，珍珠掉在萋萋芳草上，珍珠被疯狂的海浪水花四溅地撒在沙滩上。

我要带给哥哥一对有翅膀的飞马，让哥哥在云端里翱翔。

我要带给爸爸一支魔笔：他还不知不觉，笔就自动写出字来了。

你呢，妈妈，我一定把价值七个王国的首饰箱和珍珠宝贝送给你。

同 情

如果我不是你的小孩，而只是一只小狗，亲爱的妈妈，我想吃你盘子里的食物时，你会对我说声“不”吗？

你会撵我走，对我说，“走开，你这顽皮的小狗”吗？

如果这样，那我就走了，妈妈，走了！你叫唤我时，我就决不到你身边来，决不让你再来喂我吃东西了。

如果我不是你的小孩，而只是一只绿色小鹦鹉，亲爱的妈妈，你会用链子把我缚住，生怕我飞走吗？

你会对我指指点点地说“好一只不知感恩的鸟！它日日夜夜咬着链子”吗？

如果这样，那我就走了，妈妈，走了！我就一定逃到森林里去，我就决不让你再把我抱在怀里了。

职　业

早晨，钟敲十下的时候，我穿过小巷上学去。

每天我都遇见小贩在叫卖："镯子啊，亮晶晶的镯子！"

他没有什么急事要办，没有什么路非走不可，没有什么地方非去不可，没有一定的时间非回家不可。

我但愿我也是个小贩，在街道上消磨日子，叫卖着"镯子啊，亮晶晶的镯子！"

下午四点，我放学回家。

我从房子的大门口可以望见园丁在掘地。

他拿着铁锹，爱怎么掘就怎么掘，尘土把衣服都弄脏了；如果他在太阳下烤或是被雨水淋湿了，也没有人责备他。

我但愿是个园丁，在花园里一味掘地，根本没有人阻止我。

晚间天色刚黑，我的母亲就送我上床睡觉。

从打开的窗口，我可以看见守夜的更夫走来走去，走去走来。

小巷里黑暗而冷清，路灯站在那儿，像个只生一只红眼睛的巨人。

守夜的更夫提着摇摇晃晃的灯，同他身边的影子一起走动，他生平从来不上床睡觉。

但愿我是个守夜的更夫，整夜在街上走来走去，提了灯追逐着影子。

好为人师者

妈妈，你的娃娃真傻！她稚气得实在可笑！

她不懂得街灯和星星的区别。

玩儿吃小石子的游戏时，她竟以为小石子是真正的食物，竭力要把小石子塞进嘴里。

我在她面前打开一本书，教她从a，b，c开头学起时，她用双手撕书页，无缘无故地快乐得大喊大叫：你的娃娃就是这样做她的功课的。

我愤愤地对她摇头，骂她，说她淘气；她却哈哈大笑，以为十分有趣。

大家都知道爸爸出门去了，但如果游戏时我高叫“爸爸”，她就会兴奋地东张西望，以为爸爸就在身边。

我们的洗衣人带了驴子来驮运衣服，我便给驴子上课；我还警告她：我是个教师，这时她就无缘无故地叫喊，管我叫哥哥了。

你的娃娃竟要逮住月亮。她是那么可笑，竟把甘尼什[①]唤作盖奴什了。

妈妈，你的娃娃真傻，她稚气得实在可笑。

---

① 甘尼什：是成功之神，也是障碍和邪恶的破坏者。他和毗湿奴、湿婆、药物和梵天被称为印度五大神。

小 大 人

我人很小，因为我是个小小的孩子。我的年纪跟我父亲一般儿大时，我也就长大了。

我的教师会走过来说道："时光不早了，把你的石板和书拿来吧。"

我便告诉他："你可知道我长得跟父亲一般儿大了。我一定不要再学习什么功课了。"

我的老师会心中纳罕，说道："如果他想丢开书本，就不妨让他丢开吧，因为他现在长大成人了。"

我要自己穿戴好了，走到人群拥挤的市场上去。

我的叔叔会跑到我的身边说道："我的孩子，你会迷路的，让我抱着你吧。"

我答道："叔叔，难道你看不出我现在长得跟父亲一般儿大了？我一定要独自到市场里去。"

叔叔会说："是的，他爱上哪儿就可以上哪儿去，因为他现在长大成人了。"

母亲会从浴室里走出来，当我正把钱付给保姆的时候，因为我知道怎样用我的钥匙去打开银箱。

母亲会说："淘气的孩子，你在干什么啊？"

我就告诉她："母亲，难道你看不出来，我现在长得跟父亲一般儿大了？我一定要把银币付给我的保姆。"

母亲会跟她自己说："他爱把钱给谁，就可以给谁，因为他现在长大成人了。"

十月里放假期间，父亲就要回家了。他认为我还是个小孩子，从城里给我带来小鞋子和小绸衫。

我会说："爸爸，把它们给我哥哥吧，因为现在我跟你一般儿大了。"

父亲就会考虑考虑，说道："如果他喜欢，他可以自己去买他的衣服，因为他现在长大成人了。"

十 二 点 钟

妈妈，我现在真不想做功课了。我整个儿上午都在读书用功。

你说，还不过是十二点钟。就算再晚也晚不过十二点吧；难道你不能把不过十二点钟想象成午后吗？

我能轻易地想象：现在太阳已经落到了稻田边缘，老渔婆正在池塘边采撷香草作她的晚餐。

我只要一闭上眼睛，就能想象到牛角瓜树下的阴影愈来愈黑了，池塘里的水乌黑发亮。

如果十二点钟能在黑夜里来临，为什么黑夜不能在十二点钟时来临？

写　作

你说爸爸写了许多书，我可不懂得他所写的东西。

他整个儿黄昏都在读书给你听，可你真的能听懂他的意思吗？

妈妈，你能讲给我们听多么美妙动听的故事！我弄不明白，为什么爸爸不能这样写书？

难道他从来没有从他自己的妈妈那儿听到过关于巨人、神仙和公主的故事吗？

他已经完全忘了吗？

爸爸时常拖拖拉拉，耽误了洗澡，你不得不上百次的催他。

你等候着，你替他把菜肴温着，可他一个劲儿写下去，忘记吃了。

爸爸始终玩着写书的游戏。

如果我闯到爸爸的房间里去玩耍，你就要来叫我，说我是“一个多么顽皮的孩子！”

如果我稍微出点儿声音，你就会说：“难道你没看见你爸爸在工作吗？”

老是写呀写呀的，又有什么趣味呢？

当我拿起爸爸的钢笔或铅笔，在他的书上像他那样的写字：a，b，c，d，e，f，g，h，i——那时你又为什么跟我生气，妈妈？

爸爸写字的时候，你可从来不说一句话的。

我爸爸浪费掉那么大堆大堆的纸，妈妈，你好像都满不在乎。

可是，我不过拿一张纸折了一只船，你就会说：“孩子，你淘气得真够呛！”

爸爸把一张又一张的纸头，正反两面都用密密麻麻的黑色记号糟蹋掉了，你心里又怎样想呢？

恶 邮 差

亲爱的妈妈，告诉我，为什么你坐在那边地板上，一动也不动，一句话也不说？

雨从打开的窗口洒进来，把你全身都淋湿了，而你却毫不在意。

你可听见钟打了四下？该是我哥哥放学回来的时候了。

你的神色这么异乎寻常，究竟发生了什么事啊？

今天你没接到爸爸的来信？

我看见邮差的邮袋里装着许多信，几乎给镇上每个人都送了信去。

只有爸爸写来的信，邮差都留着给他自己看了。我确信这邮差是个恶人。

可是，亲爱的妈妈，你不要因此不开心。

明天是邻村集市的日子。你叫女仆去买笔和纸来。

我亲自来写爸爸的一切家信；管保你找不出一个写错的地方。

我要从A字一直写到K字。

可是，妈妈，你为什么笑呢？

你不相信我会写得同爸爸一样好？

不过，我会仔细用尺划好线，然后把所有的字母写得又美又大。

我写好了，你以为我会像爸爸那样傻，把信投到那可怕的邮差的邮袋里去吗？

我会立刻亲自给你送去，而且一个字母又一个字母地帮助你读我写的字。

我知道，那邮差是不肯把真正的好信送给你的。

英 雄 好 汉

妈妈，让我们想象我们正在旅行，经过一个陌生而危险的国土。

你坐在一顶轿子里，我骑一匹枣红马在你旁边小跑。

黄昏来临，太阳落下去了。乔拉迪什荒原，惨淡而灰暗，展现在我们的面前。土地是荒凉而贫瘠的。

你给吓坏了，心里想："我不知道我们到了什么地方了。"

我跟你说："妈妈，别怕！"

草地上长着尖桩似的刺痛人的野草，一条狭窄的断断续续的小路贯穿草地。

辽阔的田野里看不见牛，牛都已回到村子里牛棚中去了。

大地和天空逐渐变得阴暗蒙眬，我们说不出我们正在走向什么地方。你突然叫我，悄悄地问我："靠近河岸，是什么火光？"

就在这当儿爆发出了一阵可怕的呐喊，人影儿奔跑着向我们冲来。

你蜷缩着坐在轿子里，反复念着神明的名字祷告。

轿夫们害怕得发抖，躲藏在荆棘丛中。

我向你喊道："别害怕，妈妈，有我在这儿！"

他们手里拿着长棒，披头散发，愈跑愈近。

我大声嚷道："混蛋，留点儿神吧！再走上一步，我就要你们的命。"

他们又发出一阵可怕的呐喊，冲上前来。

你紧握住我的手，说："亲爱的孩子，看在老天爷面上，躲开他们吧。"

我说："妈妈，你瞧我的。"

于是我策马狂奔，我的剑和盾相碰，乒乒乓乓地响。

战斗变得那么吓人，妈妈，如果你在轿子里看得见的话，会叫你抖出一身冷汗。

他们许多人逃走了，还有不少人给砍成碎块。

我知道的，你独自坐在那儿，心中正在思量着：你的孩子必定已经战死了。

但是我跑到你的面前，浑身血迹斑斑，说道："妈妈，战斗现在结束了。"

你从轿子里走出来吻我，把我抱紧在你的心头，你对你自己说道："如果没有我的孩子护送我，我真不知道我该怎么办。"

成千件无用的事情一天复一天地发生，为什么这样一件事不能碰巧实现呢？

这倒很像一本书里的一个故事。

我的哥哥会说："这可能吗？我一向认为他是十分柔弱娇气的哩！"

我们村子里的人，大家都会惊讶地说道："这孩子恰好和他母亲在一起，岂不是大幸吗？"

结　　局

该是我走的时候了，妈妈；我走了。

你在寂寞黎明的薄暗中伸出手去抱你床上的孩子时，我要告诉你，“孩子不在了！”——妈妈，我走了。

我要变成一缕轻风抚摸你；你沐浴时我要变成水里的涟漪，我要再三的亲你吻你。

大风之夜，雨点潺潺地落在叶子上，这时你会听见我在你床上喁喁细语；而我的笑声，会随着闪电从打开的窗口闪进你的房间。

如果你躺在床上睡不着，想念你的孩子直至深夜，我要从繁星上给你唱歌：“睡吧，妈妈，睡吧。”

我要乘明月的游光，偷偷地来到你的床上，在你沉沉入睡时躺在你的胸膛上。

我要变成一个梦，穿过你眼皮间的细缝，溜到你的睡眠深处；当你醒过来，吃惊地向四周张望时，我就像闪烁明灭的萤火虫一样飞到外边儿黑暗中去。

逢到盛大的“难近母祭日”，邻家的孩子都来屋子附近玩耍时，我要融化在笛声里，整天在你心头起伏动荡。

亲爱的姨母带着节日礼物来访，会问你："姐姐，咱们的孩子在哪儿？"妈妈，你会柔声细气地告诉她："他在我的瞳仁里，他在我的身体里和灵魂里。"

呼　唤

她走的时候，夜是黑黑的，他们都睡了。

现在夜也是黑黑的，我呼唤她："回来吧，我的宝贝；世界都睡了；繁星互相凝望着的时候，如果你回来一会儿，没有人会知道的。"

她走的时候，树木正在发芽，春天还是年纪轻轻。

现在繁花开得正盛，我呼唤她："回来吧，我的宝贝。儿童们漫不经心地闹着玩儿，把花儿采集拢来，又把花儿撒掉。如果你来取走一朵小花，没有人会发现的。"

那些习惯于玩儿的人们仍旧在玩儿，生命总是那么挥霍浪费。

我一边听他们闲聊，一边呼唤："回来吧，我的宝贝，因为母亲心里的爱满得要溢出来了，如果你回来，仅仅从母亲这儿抢一个小小的亲吻，没有人会妒忌的。"

第一次手捧素馨花

啊，这些素馨花，这些白色素馨花！

我仿佛还记得我第一天双手捧满这些素馨花，这些白色素馨花的景象。

我爱阳光，爱天空和苍翠大地。

我听见河流在子夜黑暗里汩汩流动的声音；

秋天的夕阳，在寂寥荒原上大路转弯处迎我，像新娘撩起面纱迎接她的新郎。

然而，我是个孩子时第一次捧在手里的白色素馨花，回忆起来依旧是甜蜜的。

我生平有过许多快乐的日子，节日之夜我曾同逗乐的人一起哈哈大笑。

雨天灰暗的早晨，我曾低吟过许多闲适的诗歌。

我颈子上还戴过情人亲手用醉花编织的黄昏花环。

然而，回忆起我是个孩子时第一次双手捧满新鲜的素馨花，我的心里依旧是感觉甜蜜的。

榕　树

啊，你挺立在池塘边的蓬头散发的榕树，你可忘了那小小的孩子，像小鸟一样在你树枝上筑巢而又离开了你的那个孩子？

你可记得他坐在窗边，对你深入地下的纠结错杂的树根感到诧异？

妇女们常到池边来汲水满罐，你的大黑影便在水面上蠕蠕而动，仿佛睡眠挣扎着要醒过来似的。

阳光在涟漪上闪烁跳动，仿佛不息的小梭子在织着金色的挂毯。

两只鸭子在长着芦苇的池边游泳，游在它们自己的影子上，而那孩子静静地坐着遐想。

孩子想成为风，吹过你簌簌的树枝；想成为你的影子，在水面上随着白昼的流光而逐渐伸长；想成为鸟儿，栖息在你的最高枝上；还想同那些鸭子一样，在芦苇与阴影中间浮游。

祝　福

祝福这小小的心，祝福这洁白的灵魂，他已为我们的大地赢得了上天的亲吻。

他爱太阳的光明，他爱瞧他母亲的脸。

他可不曾学习鄙夷尘土、追求黄金。

把他抱紧在心头，祝福他吧。

他已经进入了这个歧路遍地的世界。

我不知道他怎么从众人里选中你，来到你的门口，握住你的手问路。

他且笑且谈跟随着你走去，他的心中没有一点儿疑惑。

保持他的信赖，引导他勇往直前，祝福他。

把你的手按在他的头上，为他祈祷吧：尽管底下波涛险恶，天上的风会吹过来，鼓起他的帆，送他到平安的港口。

别在匆忙中把他忘了，让他来到你的心里，祝福他吧。

礼　物

我要送点东西给你，我的孩子，因为我们都是漂泊在世界的流水之中的。

我们的生命将被分开，我们的爱将被忘记。

然而我倒没有那么傻，竟指望用礼物来买你的心。

你的生命正年轻，你的道路是漫长的，你一口气饮下我们带给你的爱，便转过身去，离开我们跑掉了。

你有你的游戏和你的游伴。如果你无暇同我们在一起，如果你想不到我们，那又何妨！

我们在老年时，确实有足够的闲暇，去计算过去的日子，把手中永远失去的东西，在心里珍爱着。

河流冲破一切堤防，歌唱着迅速流去了。然而山峰留了下来，念念不忘，深情地追忆着。

我　的　歌

我这歌将以它的音乐萦绕你，我的孩子，犹如深情热爱的双臂。

我这歌将爱抚你的额头，犹如祝福的吻。

你独自一人时，它将坐在你的身旁，在你耳边低语；你在人群之中时，它将像篱笆似的围着你，使你超然绝俗。

我的歌将替你的梦添上一对翅膀，把你的心载运到未知世界的边缘。

黑夜笼罩你的道路时，它将如忠实的明星在你头上照耀。

我的歌将坐在你的瞳仁里，使你的目光渗透到万物的内心里。

当我人亡声绝的时候，我的歌将在你生机勃勃的心里说话。

孩子——天使

他们吵闹搏斗，他们怀疑失望，他们也不知道他们的争论伊于胡底。我的孩子，让你的生命到他们中间去，像一道火焰的光芒，纯洁而毫不动摇，使他们因喜悦而趋于沉默。

他们的贪婪和妒忌是残酷无情的，他们说的话，像暗藏的刀子，渴欲舐血。

我的孩子，你去站在他们的愤怒的心坎间，让你温和善良的眼光落在这些心坎上，就像黄昏宽洪大量的安宁，笼罩在白昼的骚扰上一样。

我的孩子，让他们望着你的脸，从而明白万事万物的意义；让他们爱你，进而彼此相爱。

我的孩子，你来，在“无限”的胸膛上落座吧，太阳东升时，便敞开你的心，高举你的心，仿佛它是朵盛开的花；太阳西沉时，便垂下你的头，默默完成白天的礼拜。

最后的交易

早晨，我行走在石头铺的街道上，口中喊道："来雇佣我吧。"国王手执宝剑，坐着战车来了。

他拉着我的手，说道："我要用我的权力来雇佣你。"

但国王的权力对我算不了什么；所以他坐着战车走了。

中午天气炎热，家家门关户闭。

我沿着曲折的小巷信步走去。

一个老翁拿着一袋金币走出门来。

他考虑一番，说道："我要用金钱雇佣你。"

他一个又一个地掂着金币的分量，可是我转身走掉了。

黄昏了。花园篱笆上开遍了繁花绚烂。

美丽的姑娘走出门来，说道："我要用微笑雇佣你。"

她的微笑暗淡失色，化作泪水莹莹，她回身独自走进黑暗中去了。

太阳的光在沙滩上闪烁，大海的浪任性地溅泼水花。

一个小孩坐在沙滩上玩着贝壳。

他抬起头来，仿佛认识我似的，说道："我要雇佣你，可不用什么东西。"

在孩子的游戏中所做成的交易，倒使我从此成了个自由的人。

（吴岩　译）

游思集

一

1

你抑郁的卷向前去，永恒的游思，在你无形的冲击下，四围死水般的空间激起了粼粼的光波。

是不是你的心已经迷失给那在无边的寂寞中向你呼唤的爱人？

是不是就因为你这样倥偬迫促，你的纠结的发辫才散作暴风雨般的纷乱，那宛如从碎裂的项链上掉落下来的火珠，才沿着你的道路滚走？

你的飞速的步履，把这世界的尘土吻成甜美，扫开了一切朽废之物；暴风雨密集在你舞蹈的四肢里，摇落了那洒泼在生命之上的死亡的圣霖，使生命更新生长。

若是你在那突然袭来的厌倦中，做片刻的停留，也许这世界就会隆隆地滚成一团，成为一种障碍，阻挠自己的前进，甚至那最细小的尘埃，也会因无法忍受的压抑而划破无垠的天空。

光明的脚镯围着你的双足摇动，这不可窥见的双足，以它们的节奏唤醒了我的思想。

它们在我的心的律动里回响，也在我的血液里激起了古代海洋的赞颂。

我听见轰雷般的洪水冲击着我的生命，从这个世界冲向另一个世界，卷成一个形体又一个形体，在滔滔不绝地赐与的浪花中，在悲叹和欢歌声中，把我的身体驱散了开去。

浪潮高卷，劲风怒号，这一叶小舟迎风舞蹈，像你的愿望一样，我的心！

把积储的东西委弃在岸上吧，在这深不可测的黑暗之上，向着无限的光明扬帆前进。

……[①]

3

在暮色渐浓的时候，我问她："我来到了一个什么陌生的地方？"

她只垂下眼睛；当她走开的时候，清水在她的水罐口汩汩作响。

树林迷蒙地垂挂在河边，田野仿佛已经属于往昔。

流水默默无声，竹林忧郁地一动不动，一只手镯在水罐上敲出

① 译文为《游思集》中部分节选，其余部分见泰戈尔其他诗集中，此处欠奉，以下缺少诗文亦然。

的丁当声，从小巷里传来。

不要再划了，把船儿拴在这棵树上——因为我爱这片田野的景色。

晚星沉落到庙殿的后面去了，埠头上大理石石级的苍白色，缠住了黝黑的流水。

掩留的旅人在叹息；因为从那掩藏的窗户里射出的灯光，被路边交织的树林和灌木撕成了一片黑暗。那只手镯还在水罐上丁当地响，归去的步履还在落叶遍地的小巷里窸窣。

夜色渐深，宫殿的高塔像幽灵一般阴森森地显现出来，市镇在困疲地呻吟。

不要再划了，把船儿拴在树上。

让我在这陌生的地方憩息，蒙眬地躺在星光下面，在这黑暗因手镯在水罐上敲出丁当的声音而颤动的地方。

4

哦，若是我心里藏着一个秘密，像夏云里没有滴落的雨珠——一个掩藏在静默之中的秘密，我就能带着它飘游异乡。

哦，若是我能有一个可以听我柔声低语的人，在这沉睡于阳光之中的树林下，滞缓的流水在潺潺作响的地方。

今天黄昏的这种沉默，似乎在期待着一声足音，可是你却问我为什么流泪。

我说不出我为什么要哭泣，因为这还是一个我所不能知道的秘密。

……

7

对于你，小花朵儿，我好像就是黑夜。

我只能给予你安宁和隐藏在黑暗里的不眠的静谧。

当你在清晨睁开眼睛的时候，我要把你留给一个蜜蜂营营、鸟声婉转的世界。

我送给你的最后的礼物，将是一滴注入你的青春深处的泪珠；它将使你的微笑变得更加甜蜜，而在岁月的严峻的欢愉中，也将掩去你的娇容。

9

假若在迦梨陀娑[①]是皇帝的诗人的时候，我能住在邬阇衍那[②]皇城的话，我也许会熟识玛尔瓦姑娘，让我的思想充满了她那音乐

① 迦梨陀婆：古代印度最伟大的诗人，相传为超日王的“宫廷九宝’之一。著名作品有《鸠摩罗出世》（叙事诗）、《云使》（抒情诗）、《沙恭达罗》、《婉尔娃希》（剧本）等。其生平事迹已无从考据。目前把他视作旗陀罗芨多王朝时代的人物，约当公元4世纪到5世纪。

② 邬阇衍那：亦译作“优禅尼”，为旃陀罗笈多二世的首都。

般的芳名。她也许会透过她的眼帘的斜影向我睇视，任素馨花攀住她的面纱，好让她在我身边逗留。

这件事情发生在往昔，而这往昔已经被时间的枯叶掩没了踪迹。

为了那些做着捉迷藏游戏的日子，学者们今天在争论不休。

我决不伤心迷梦于那些已经风流云散的年代：但是我为那随岁月俱逝的玛尔瓦姑娘们再三叹息！

我不知道，那些随着皇帝的诗人的诗歌一起颤动的日子，被她们用花篮带到哪一重天去了？

今天早晨，隔开了我因为生得太晚而不能相见的人们，它重重地压在我的心头，使我心酸。

然而，四月依旧带来了她们曾经用来装饰鬓发的同样的鲜花，而在今天的玫瑰花上低语的南风，也是曾经吹拂过她们的面纱的同样的南风。

说真的，今年的春天，并不缺少欢乐，虽然迦梨陀娑已不再歌唱；而且我知道，若是他从诗人的乐园里看到我，他有理由妒忌我。

10

你别眷念她的心，我的心呵，你把它留在黑暗里。

假若美丽的只是她的秀姿，微笑的只是她的脸靥，那又该怎样呢？让我毫不犹豫地领受她那秋波里的单纯的意义，而感觉幸福。

若是她的双臂围绕着我，只是一张虚幻的网，我也决不介意，因为罗网是华贵而稀珍的，而欺骗也可以付之一笑而淡忘。

你别眷念她的心，我的心呵，若是这乐曲尚不失其真实，纵然言辞不足为信，你也该心满意足；你且欣赏她那如百合在粼粼的、迷人的水面上舞蹈的优美，不管水底会藏着什么。

11

你不是母亲，不是女儿，也不是新娘，雨尔伐希[1]。你是女人，是蛊惑天国神灵的女人。

当步履困乏的黄昏，降落到羊群已经归来的栏边时，你欣喜这黑暗的时刻如此神秘，从不剔亮屋里的灯火；你走向新婚的睡床，也从不心乱，或在唇边含一丝犹豫的微笑。

你像是黎明，你不戴面纱，雨尔伐希，你没有一丝羞涩。

谁能想象出那创造你的惨痛迸溢的光芒！

你在第一个春天的第一天，右手擎着生命之杯，左手执着鸩酒，从奔腾的海上升起。那凶暴的海洋暂时平息，宛如一条着魔的巨蛇，在你的双足之前放下了它的千条的头巾。

你那纤尘不染的光彩，从海沫之上升起，纯白而又袒露，像一

① 雨尔伐希：乐园里自海上升起的跳舞的女郎。

朵素馨花。

难道你永远是这样纤小、羞怯，永远是这样含苞欲放的吗？雨尔伐希，哦，你这永远的青春！

难道你在宝石的奇光异彩照耀着珊瑚、贝壳和梦影般的动物的地方，以湛蓝的夜作为你的摇篮，一直睡到白天显露出你那万般富丽的花朵吗？

你为古往今来所有的人所钟爱，雨尔伐希，哦，你这层出不穷的奇迹！

在你双睛的顾盼之下，世界因青春的苦痛而悸动，苦行的修士在你的脚边放下了他的朴素的果实，诗人的歌曲围拥在你的芳香馥郁的身边低吟。你的纤足如在无所顾虑的喜悦中倏然疾走，那金铃的丁当声甚至刺痛了空虚的微风的心。

你在众神的面前舞蹈，把新奇的韵律的轨道都扫荡一空，雨尔伐希，大地在因你而颤抖，青草绿叶和秋天的原野在起伏摇荡；海洋汹涌澎湃，化为一片韵律的狂涛；繁星落入天空——那是从你胸前跳跃着的项圈上断落下来的珍珠；血液因为突然袭来的骚动而在人们的心里跳跃。

你是从天国沉睡的高峰上第一个醒来的人，雨尔伐希，你把天空激动得惴惴不安。世界以她的眼泪来沐浴你的四肢，以她的心的鲜血的颜色来染红你的双足，你轻盈地栖立在迎波摇舞的欲望的莲花之上，雨尔伐希；你永远在那浩渺无边的心灵中嬉戏，尽管那儿有上帝的噩梦。

12

你像湍急而曲折的小河，且笑且舞，在你向前奔流的时候，你的步履唱出了歌声。

我像崎岖而峻峭的河岸，噤口无言地兀立着，忧郁地凝视着你。

我像庞大而愚蠢的风暴，蓦地轰然而至，想撕碎自己的躯体，裹之以激情的漩涡，漂流四散。

你像玲珑而犀利的闪电，刺穿了浑然一片的黑暗的心，然后消失在一声大笑的活泼的光带里。

14

你将不以你脸上滞留未去的怜悯的神色来等待我，这使我感到欣喜。

那不过是因为夜的咒语和我的告别的话，它们惊怵于自己的失望的声调，才使我的眼眶噙着如许的泪水。但天色终将破晓，我的心和眼睛也终将干涸，那时就再也不能哭泣。

谁说难以相忘呢?

死的仁慈潜伏在生命的核心，给生命带来安息，使它不再愚蠢地坚持生存。

暴风雨的海洋，终于在它的摇篮中暂时宁息；森林的大火，在自己灰烬的床上沉入梦乡。

你和我就要别离，而这离异将淹没于在阳光里欢笑的绿草和繁花之下。

16

我暂时忘记了我自己，所以我来了。

但请抬起你的眼睛，让我看你的眼睛是否还残留着往日的影子，像天边那片被夺去了雨珠的苍白色的云。

请暂时容忍我，若是我忘记了自己。

玫瑰还含苞未放；它们还不知道，今年夏天为什么我们忘记了采集鲜花。

晨星怀着同样忐忑不安的缄默；曙光被那覆盖着你的窗户的树枝绊住，就像在过去的日子一样。

我暂时忘记了时光的流迁，所以我来了。

我记不起在我袒露我的心的时候，你是否转过头去，使我羞惭无已。

我只记得那滞留在你颤抖的唇边的话语；我记得在你的乌黑的眼睛里的热情卷扫的影子，像那在暮色中寻找归巢的倦鸟的翅膀。

我忘记了你已不再忆起我，所以我来了。

17

雨下得正急。河水汹涌嘶鸣，在舔吻和吞食着小岛。在愈变愈小的岸边，我独自厮守着一堆谷子。

从对岸的阴影里划来一只小船，一个女人在船艄掌舵。

我向她喊道，“饥饿的水在包围着我的小岛，划到这儿来吧，把我一年的收获载去。”

她来了，把我所有的谷子拿得一粒不剩；我央求她把我一起载走。

但是她说，“不”——船儿已经载满了我的礼物，再没有我容身的余地。

19

河的这边没有埠头，姑娘们都不到这里来汲水；沿河的田野密密地长满了矮小的荆棘；一群絮聒的沙立克鸟在峻峭堤上挖土筑巢，在河堤皱眉蹙额的神色之下，渔船找不到荫庇的地方。

你坐在这人迹罕到的绿草地上，清晨在逝去。告诉我，你在这干燥圻裂的岸边做什么？

她凝视着我的脸说，“不，不做什么。”

在河这边的岸滩荒凉而且冷落，没有一只牛羊到这里来饮水。只有几头从村子里走失出来的山羊，整天在嚼食着疏落的青草，那孤独的水鹰，从斜欹在泥地上的一棵连根拔起的菩提树上张望着。

你独自坐在那儿，在那棵希摩尔树的吝啬的阴影下。清晨正在逝去。

告诉我，你在等谁呢？

她凝视着我的脸说，“不，我不等谁！”

21

I

“你这样不停地准备着这些东西是为了什么？”——我对心灵说——“有人要来吗？”

心灵回答说，“我正在采集东西，建筑高楼大厦，忙得不可开交，我没有空来回答这样的问题。”

我温顺地走回去重新干我的工作。

等到东西已经积成一堆，它那座大厦的七座翼殿已经盖好，我对心灵说，“这样还不够吗？”

心灵开口说，“还不够容纳——”说着又打住了。

“容纳什么？”

心灵装作没有听见。

我怀疑心灵自己也不知道，所以才用不断的工作来掩盖疑问。

它的一句口头禅是：“我还得多准备一点儿。”

“为什么你一定要这样呢？”

“因为它是伟大的。”

“什么是伟大的？”

心灵又不响了。我强着要它回答。

心灵含着轻蔑和愠怒说，“为什么要追问那些并不存在的东西呢？去注意那些在你面前的巨大的事物——格斗和战争，部队和军火，砖瓦和臼炮，还有那些数不尽的劳动者。”

我想：“也许心灵是聪明的。”

II

日子一天天地过去。大厦的翼殿造得越来越多——它的领域也越来越大了。

雨季过去了。乌云变得苍白而轻淡，在雨水洗过的天空里，阳光照耀的时刻，像粉蝶在一朵看不见的鲜花上飞舞。我痴迷迷地向我遇见的每一个人询问：“在微风里的是什么音乐呀？”

一个流浪汉在路上行走，他的衣衫像他的举止一样狂野；他说："听，那来临的音乐！"

我不知道我为什么竟会听信他的话，但是话却从我嘴里冲出，"我们不用等多久了。"

"近在眼前了。"这个疯子说。

我回到我的工作岗位，大胆地向心灵说，"停止一切工作吧！"

心灵问道，"你听到消息了吗？"

"是的，"我回答说，"那来临的消息。"但是我不知道怎样解释。

心灵摇着头说，"没有旗幡，也没有华贵的仪仗！"

III

夜色将尽，天空里星光惨淡。突然晨曦的试金石把万物都染成一片金黄。一声众口传呼的叫喊——

"使者来了！"

我俯首问道，"他来了吗？"

回答仿佛从四面八方涌来，"是呀。"

心灵懊恼地说，"我的大厦的圆顶还没有盖好，一切都还是乱糟糟的。"

天空里传来一声话音，"把你的大厦推倒吧！"

"可是为什么呢？"心灵问。

"因为今天是来临的日子，而你的大厦却挡住了道路。"

IV

巍峨的大厦坍倒在尘土里，一切都零乱而又破碎。

心灵四面张望。可是还能看到什么呢？

只有晨星和沐洗在朝露中的百合。

此外还有什么呢？一个孩子大声笑着从母亲的怀里跑到屋子外面的阳光下。

“难道仅仅为了这个，他们就说这是降临的日子吗？”

“是的，他们就因为这个，才说空中有音乐奏鸣，天上有光芒闪现。”

“难道他们所要求于这整个世界的，就是这个吗？”

“是的，”传来这样的回答。“心灵，你是筑起了高墙来禁锢自己。你那些仆人也是辛辛苦苦的在奴役自己；但是这整个大地和无垠的空间却是为了这个孩子，这个新的生命。”

“那孩子给你带来了什么呢？”

“整个世界的希望和它的喜悦。”

心灵问我，“诗人，你懂得他的话吗？”

“我抛开了我自己的工作，”我说，“就因为我必须要有时间来理解。”

二

1

你在这大千世界里变幻不息，华丽多姿的姑娘。你的香径铺满了光华，你的轻触颤成了朵朵鲜花；你那飘曳的裙袂，在繁星中卷起了一阵舞蹈的旋风，而你那美妙的音乐，透过一切符号和色彩，从浩渺的天际传来。

在深不可测的灵魂的静寂里，你孤零零的孑身独处，沉静而寂寞的姑娘，你是一个光影颤摇的幻象，一朵绽开在爱情的茎枝之上的孤独的莲花。

3

我记得那一天。

滂沱的大雨正逐渐减弱成断续的阵雨，一阵阵重起的疾风又把它从第一次的平息中惊起。

我拿起了我的乐器。我漫不经心地拨弄琴弦，最后连我自己也不知道怎的，琴音里渗入了雷雨的狂飙的节奏。

我看见她悄悄地放下了工作，停留在我的门口，但又踏着踌躇的步子退去。她重又走回来，倚着墙壁站在门外，接着慢慢地走进屋子坐了下来。她低着头儿默默地挑着针线，但是不久她停下针黹，穿过雨帘凝眸定视着窗外模糊的树影。

只有这一个回忆——充满了浓荫、歌声和沉寂的雨天中午的一段时光。

4

当她登车离去的时候，她回过头来，投给我一个急促的告别的眼波。

这是她给我的最后的礼物。但是我能把它珍藏在什么地方，才可以逃过那践踏的时光？

难道黄昏必须卷走这一线惨痛的微光，正如它必须卷走夕阳的最后一道闪光？

难道它就该让雨水冲走，仿佛从伤心的花朵里冲走它那珍藏的花粉？

把帝王的荣华和豪富的财产留给死亡吧。但是眼泪就不能把这个在激情的刹那间投来的眼波永远保持新鲜吗？

“请把它留给我，”我的歌曲说，“我决不触摸帝王的荣华或是豪富的财产，但是这些区区的微物永远是属于我的。”

6

我就要走了；她还是默默无语。但是从一阵微微的战栗中，我觉得她的渴切的双臂似乎想说：“啊，不，时间还没有到呀。”

我常听见她那双恳求的纤手，在一次碰触中发出声音，虽然它们并不知道自己说的是什么。

我知道那两只手臂在期期艾艾地说话，那时，如果不是这样的话，它们也许会化作一只青春的花环，戴在我的颈项上。

它们的这些细微的动作，在寂静时分的隐蔽下，回到记忆里；它们像逃学的儿童，淘气地泄露了她过去向我隐瞒的秘密。

7

我的歌曲像一群蜜蜂；它们在空中追蹑你的芳香的踪迹——一丝属于你的记忆，围绕着你的娇羞，嗡嗡地飞鸣，渴求那深藏的蜜。

黎明的清新浸没在阳光里，空气凝重而低沉地垂挂在中午的天空，森林静寂无声，这时候，我的歌曲飞回家来，它们的疲倦的翅膀上沾满了黄金的粉末。

9

我想假如在来生，当我们在那遥远的世界上行走时，能再相逢的话，我将无限惊奇地停下步来。

我将看见那双乌黑的眼睛，在那时候已变成晨星，但是我也将觉察出它们曾经属于前世的一个渺不可忆的夜空。

我将恍悟你的面容的魅力，并不完全是它自己的所有物，而是在一次渺不可忆的会见中，窃去了我眼睛里热情的光芒，又从我的爱情里撷取了一种它现在已经忘记了自己的本源的神秘。

10

放下你的琵琶吧，我的爱，让你的双臂来拥抱我。

让你的触摸，把我满溢的心儿带向我身体的最边缘。

你别垂下头去，也别把你的脸庞转开，但请你给我一个吻，一个像长久幽闭在蓓蕾里的花香般的吻。

你别用虚妄的言语来窒息这一刻时光，但请让我们俩的心，在宁静的激流中一起摇荡，把所有的思想都卷向无边的喜悦。

11

你以你的爱使我伟大，虽然我不过是许多随波逐流的俗人中间的一个，颠沛在世间浮沉无常的恩宠中。

在古往今来的诗人呈献贡礼的地方，在拥有不朽之名的恋人，遥隔不同的时代互相寒暄问好的地方，你给我安置了一个座位。

市集上，人们在我面前匆匆经过——他们绝没有看出我的身体因着你的爱抚而变为珍宝，他们也不知道我的身体里怎样承载着你的吻，犹如太阳在自己的球体里，承载着神火而永世普照。

12

像一个烦躁的孩子把各种玩具都推开，我的心今天对我所提出的每一句话都摇头说，“不，不是这个。”

然而言语，在它们的模糊的苦痛之中，萦绕着我的心胸，像飘浮在山巅的流云，等待那偶然吹来的疾风，为它们卸去雨水的负担。

但是抛开这些徒劳无益的努力吧，我的灵魂，因为在黑暗里，静默会使它自己的音乐成熟。

我的生命，今天好像一个正在举行着忏悔礼的教堂，在这里，泉水不敢流动，也不敢低语。

这不是你跨过大门的时候，我的爱；只要想起你脚镯的铃铛在路上丁当，花园的回音就要感到害羞。

它们知道明天的歌曲，今朝犹含苞未放，假如看见你走过去，它们也许不得不破碎它们还没有成熟的心儿。

13

你是从哪儿带来这份不安的，我的爱？

让我的心接触你的心，把痛苦从你的沉默里吻去。

黑夜从它的深处抛出这一刻短暂的时光，使爱情能够在这重重紧闭的门扉之内，筑起一个新的世界，而且用这一盏孤灯来照明。

我们只有这根唯一的芦管是我们的乐器，我们的两对嘴唇得轮流吹奏才行——我们只有一只花环做我们的花冠，我得把它在你的额上戴过以后，才用它来绾住我的鬓发。

把我胸前的薄纱揭去吧，我将在地上铺设我们的睡床；这样，一个吻，一夜欢愉的睡梦，就会填满我们这个微小而无边际的世界。

14

我已经把我所有的一切给予了你，我只留下这一张最袒露的矜持的薄纱。

这张薄纱太薄了，你对它暗暗微笑，使我感到害羞。

春风不知不觉地把它卷走，我自己心的颤抖也在推动它，像波浪推动泡沫。

我的爱，假若我保留这片疏远的薄雾来围住我自己，你不要悲伤。

我的这种脆薄的矜持，不仅是女人的羞怯，也是一枝纤弱的花茎，在这枝花茎上，我那自愿委从的花朵，以无语的温婉弯身向着你。

15

今天我穿上了这件新衣，因为我的身体想放声歌唱。我只一次就把我永远地给予了我的爱，这是不够的，我应该通过这种给予，每天献出新的礼物；我穿起了这身新衣，我不就像一个新的礼物了吗？

我的心像那黄昏的天空，对色彩怀着无限的热爱，因此我更换我的面纱，它们时而绿得像清凉幼嫩的草叶，时而绿得像冬天的禾谷。

今天我的衣服染成天空镶饰着雨云时的蓝色。它给我的四肢带来了浩邈的大海和异域群山的颜色；它在它的褶裥里载着夏云在风中飞翔的喜悦。

16

我想我愿意用爱情自己的颜色，来写出爱情的词句；但是它们深深地藏在我的心里，而眼泪却又是苍白无色。

朋友，若是这些词句没有颜色，你会领会它们的意思吗？

我想我愿意按着爱情自己的曲调，来唱出爱情的歌词，但声音只是在我的心里，我的眼睛却又是默默无语。

朋友，若是歌不成调，你会领会它们的意思吗？

17

在夜晚的时候，歌声向我飘来，可是你已经不在那儿。

它找到了我整天在寻找的词句。是啊，就在天黑以后的那一瞬息的静寂里，这些词句颤成一片音乐，它们正如星星一般，在这时候开始光芒闪耀；可是你已经不在那儿。我原想在清晨把这首歌词唱给你听，但是当你在我的身边的时候，任凭我怎样尝试，虽然音乐声起，歌词却畏缩不前。

18

夜深了，将熄的火焰在灯里摇曳。

我忘记注意，黄昏——像一个在河边盛满了这一天最后一罐水的农家姑娘——是在什么时候关上了她的柴扉的。

我是在给你说话，我的爱，我的心灵几乎觉察不到我的声音——告诉我，这里面有什么涵义吗？它有没有从那生命的界线之外为你带来什么信息？

至于现在，自从我的声音消寂以后，我感到黑夜因着那瞠目惊视着它们自己暗哑的深渊的思想而在悸动。

19

当我们俩第一次相见的时候，我的心响出了音乐，“那长留远方的她，永远在你的身边。”

如今音乐已经寂灭，因为我已经惯于相信我的爱确实在我的左右，我已经忘记她同时也在遥远的远方。

音乐充满了两个心灵之间无垠的空间。它已经被我们日常习俗的浓雾所掩没了。

在羞涩的夏夜，当微风从静寂中带来浩大的低语声时，我起坐床上，为我失去了那在我身边的她而悲悼。我问自己，“什么时候我再能有机会向她低声诉说那有永恒的韵律的话语呢？”

从你的慵懒里醒来吧，我的歌曲，你撕破这层熟识的帷幕，怀着我们初次见面的无限的惊喜，飞到我的爱人那儿去！

21

父亲参加了葬仪回来了。

他的七岁的儿子在窗边站着，颈下挂着一片黄金的护符，他睁大了眼睛，充满了他小小的年纪难于索解的思想。

他的父亲把他搂在怀里，但是孩子问父亲说，“妈妈到哪儿去了？”

“到天国里去了。”他的父亲指着天空回答说。

到了夜里，父亲悲痛倦颓，在睡梦中呻吟。

一盏孤灯在卧室的门边茕茕地燃着，一只蜥蜴在墙上捕捉飞蛾。

孩子从梦中醒来，他用双手摸索着空床，悄悄地爬下床来，走到门外的平台上。

孩子抬眼望着天空，他静静地凝望了好久。他那迷惑的心灵把疑问送向黑夜，“天国在哪儿？”

没有一声回答：只有星星仿佛像那无知的黑暗的一滴滴灼热的泪珠。

22

在夜色将尽的时候，她走了。

我的心想安慰我，说，“一切都是虚妄的。”

我恼怒地说：“那封写着她的名字的没有打开的信，和这把是她亲手用红绸滚边的芭蕉扇，难道这些都不是真实的吗？”

一天过去了，我的朋友走来对我说，“凡是美好的都是真实的，也是永不磨灭的。”

“你怎么知道的？”我不耐烦地问道，“现在这个已不为世间所知的人，难道不是美好的吗？”

像一个烦躁的孩子在折磨自己的母亲，我毁掉了我的内心和身外所有的一切庇护，一面哭喊说：“这是一个背信弃义的世界。”

突然，我觉得有一个声音在说——“多么忘恩负义！”

我向窗外望去，星光闪耀的夜空似乎传来了谴责——“相信我以前真的来过，而且把这个信念灌注到我已离去的空虚里去的是你！”

23

河流灰蒙蒙的，天空里黄沙炫目。

在一个阴暗不宁的早晨，鸟雀喑哑无声，鸟巢在疾风中颤摇，我孤零零地坐着，问我自己：“她在哪儿？”

我们俩互相挨得那么近坐在一起的日子已经逝去，那时我们又欢笑又戏谑，在我们相会的时候，爱情的威严找不到话说。

我把我自己变得极其渺小，而她却用滔滔不绝的谈话虚度了每一个时刻。

今天我徒然想望她能在我身边，在这风雨欲来的阴霾里，同坐在灵魂的寂寞中。

24

她用来称呼我的名字，像一朵盛开的素馨花，覆盖了我们俩相爱的整整十七年。这名字的声音混合着透射过绿叶的光线的颤抖，雨夜里青草的气息，还有多少个闲散的日子在最后时刻的悲痛的静寂。

答应这个名字的他，不只是上帝的创作；这是她为了自己的缘故，在那十七个短暂的岁月里而把他重新创造的。

此后的岁月接踵来临，但它们的漂泊的日子，已不再聚集在她的声音所呼唤的那个名字的范围里，而是彷徨迷途，风流云散。

它们问我，“应该由谁来收容我们呢？”

我不知道怎样回答，我只能静静地坐着，于是它们在消散的时候，向我喊道，“我们要寻找一个牧羊姑娘！”

它们该去找谁呢？

这，它们并不知道。它们像无主的晚霞，在没有辙迹的黑暗里漂泊、消失而淡忘。

25

我觉得你的短促的爱情的日子，并没有被你委弃在你一生中那些短短的岁月里。

我很想知道，你避开了那慢慢偷窃的尘埃，现在把它们藏到哪儿去了。在我独自厮守的时候，我找到了你的黄昏之歌，它虽然已经消逝，却留下了一声永恒的回音；我也在秋天中午的温馨的静寂里，找到了你那没有满足的时刻的一声声的叹息。

你的欲望从往昔的蜂巢里飞来，萦绕在我的心头，于是我静静地坐着，谛听它们振翅扑飞的声音。

27

我正沿着一条绿草丛生的小径散步，忽然听到背后有人在说："瞧你还认识我吗？"

我转过身去，凝视着她说，"我记不起你的名字了。"

她说，"我是你在年轻时候遇见的第一次最大的烦恼。

她的眼睛望去仿佛像空气里还含着露水的早晨。

我默默地站了一会儿，然后说，"你已经卸去了你的眼泪所有的沉重负担了吗？"

她微笑着不说一句话。我感觉到她的眼泪已经学会了微笑的语言了。

"你有一次说过，"她低声地说，"你要把你的悲痛永远铭记在你的心里。"

我涨红了脸说，"是的，可是年光流逝，我已经忘记了。"

接着，我握起她的手，说，"但你已经变啦。"

"往日的烦恼，如今已化为和平。"她说。

28

我们的生命，在无人渡越的海上扬帆前进，大海的波涛，在永恒的捉迷藏中相互追逐。

这是永无宁息的变幻之海，在哺育它那一群接着一群消失的泡沫的孩子，在拍手鼓掌打破那苍天的平静。

爱，在这光明与黑暗的循环的战舞中心，你的爱是那葱绿的岛屿，在那儿，太阳吻着羞怯的林荫，鸟雀的歌声在向静谧求爱。

30

一个画家在集市上卖画，有一个在年轻时曾把画家的父亲欺侮得伤心死去的大臣的孩子，带了一群仆从走过集市。

孩子在画家的作品前面停了下来，挑选了一幅画。画家在画上盖了一块布，说他不愿意出售这幅画。

从此以后，这孩子思念着这幅画，心里闷闷不乐，最后他的父亲来了，愿意付出一笔高价。但是画家宁肯让那幅画挂在画室的墙壁上却不愿出售，他沉着脸坐在画前，自言自语地说，“这就是我的报复。”

这位画家表示信奉的唯一形式，是每天早晨描一幅神像。

但现在他觉得这些画像一天天地变得同他往常画的不同起来了。

这件事情使他感到苦恼，而且找不出一个解答，直到有一天，他在工作中猛地惊跳起来；他刚画好的一幅神像的眼睛，竟是那个大臣的眼睛，神像的嘴唇也是大臣的嘴唇。

他撕毁了画像，大声叫喊，“我的报复已经回报到我头上来了！”

31

将军走到怒气冲冲一言不发的国王面前，向国王敬礼说：“村子已经受到惩罚，男人们都打倒在地上，女人们瑟缩在没有灯火的屋子里，不敢哭出声来。”

祭司长站起来向国王祝贺，大声高呼，“上帝的仁慈永远归于陛下。”

丑角听到这句话纵声大笑，吓得朝臣们毛骨悚然，国王的眉头皱得更紧了。

“王座的尊荣，”大臣说，“是以陛下的威严和全能上帝的恩宠为支柱的。”

丑角笑得更响了，国王怒声喝道：“不合时宜的寻欢作乐！”

“上帝赐给陛下多少恩宠，”丑角说，“他赐给我的就只有这一份笑的禀赋。”

“这份禀赋要断送你的性命。”国王右手握剑说。

但是丑角站起来纵声大笑，直到他不能再笑为止。

恐怖的阴影降落在宫廷上面，因为他们听见大笑的声音在上帝的沉默的深处回响。

33

他们狂野地把世世代代祈祷的时候为了迎接世界最美好的希望

而编织成的毡毯撕得粉碎。

所有为了表示爱而准备的宝贵的物品，都化为一堆碎片，在被毁坏的祭坛上，没有一件东西能使疯狂的人们想起上帝确实曾经降临人间。在一阵激怒的烈焰里，他们仿佛把自己的未来同他们的青春佳节一起烧成灰烬。

天空里喊声嘶哑，“胜利归于暴徒！”孩子们形容枯槁而苍老，他们互相悄悄地说，时间总是在旋转而从不前进，我们让人家驱赶着向前奔跑，可是没有可以达到的目标，而创造又像盲人的摸索。

我对自己说，“停止你的歌唱吧。歌曲是为那行将到来的人而唱的，而不息的斗争是为了存在的事物。”

大路永远躺卧着，像一个把耳朵朝向地面倾听足音的人，今天探索不到任何来客的暗示，在大路的远处也看不见一所房子。

我的琵琶说，“把我扔在尘土里践踏吧。”

我凝视路旁的尘土，在荆棘丛中有一朵纤小的花。于是我喊道，“世界的希望没有死去！”

天空俯身在地面上，向大地低语，空中充满了一种期待的静默。我看见棕榈树的叶子，在向那听不见的音乐的节奏拍手，月儿也在和湖水的闪烁的宁静交换眼色。

大路对我说：“什么都不用害怕！”而我的琵琶说：“请把你的歌儿借给我！”

三

1

来吧，春天，大地的热情奔放的爱人，你使那森林的心因为渴望倾诉而跳动！

你化作不安的阵风，吹到百花盛开，新叶摇舞的地方来吧！

你像光明的叛逆，冲过黑夜的监视，冲过湖水黝黑的暗哑，穿过地下的牢狱，向被束缚的种子宣布自由吧！

你像闪电的大笑，像暴风雨的呼啸，冲进喧嚣的城市之中；解放那僵滞了的语言和无知无觉的劳动，增援我们正在涣散的战斗而征服死亡！

2

我曾经在多少个芥菜花开的三月，凝视过这一幅画图——这一脉纡缓的流水，那边灰色的沙滩，还有沿河那一条把田野的友爱带向村庄心坎里去的崎岖的小径。

我曾想把这闲适的风声，和一只过往的小船的桨声谱入诗章。

我曾暗自惊异，这茫茫世界，它站立在我面前多么单纯；而当我此番与这位永恒的陌生人遭逢之际，它以何等挚爱和亲切的安适充满我的心田。

3

两个村庄隔河相望，一只渡船在它们之间的小河上往来划行。

小河不宽也不深——它不过是给那条日常生活的小径增加一些小小的波澜的裂口而已，好比在一首歌词里的间歇，曲调通过这个间歇而欢乐地泻流。

财富的高楼大厦高高升起，又毁成废墟，而这两座村庄却隔着这条潺潺的溪流交谈，渡船在它们之间往来摆渡，过了一个世代又一个世代，从春耕到秋收。

5

在婴孩的世界里，树林对他摇动着绿叶，用那远在混沌初开之前的古老的语言低吟着诗歌，月儿，那夜空的孤独的孩子，装出和婴孩一样的年纪。

在老人的世界里，繁花为了那些编造出来的神仙故事而恭顺地涨红着脸，破碎的玩偶也供认自己是泥塑的东西。

7

伟大的土地，我常常感觉到我的身体渴望在你的上面流过，和那举起信旗以回答蓝天的问候的每一片绿叶分享快乐！

我觉得在我出生的多少世代以前，我仿佛就已经属于了你。这就是为什么在秋天的光辉在熟透了的禾穗上闪摇的日子里，我似乎忆起了一段我志在四方的往日，甚至还听见一阵阵好像是我的游伴的声音，从那遥远的、面纱重掩的往昔传来。

在黄昏的时候，羊群回到栏舍，草地的小径上扬起了尘土，月儿比村子里茅屋的炊烟升得还高，我仿佛为生存的第一个早晨所遭遇的惨痛的别离而感到悲伤。

9

晨曦像一绺沾着雨泥的刘海，垂挂在雨夜的额上，这时候乌云不再密集了。

一个小女孩凭窗而立，她沉静得像出现在停歇的雷雨门口的一道彩虹。

她是我的邻居，她降临人间就好像是某个神灵的叛逆的笑声。她的母亲生气的时候骂她本性难改；她的父亲却笑着说她是疯孩子。

她像一股跃过岩石逃跑的瀑布，像那最高的竹枝在不息的风中飒飒作响。

她站在窗口，望着窗外的天空。

她的妹妹走来说，“妈妈在喊你呢。”她摇摇头。

她的小弟弟带了他玩耍的小船跑来，想拉她一同去玩；但她从弟弟手里挣脱了手。男孩缠着她，她在男孩的背上打了一下。

在大地创造万物之初，那第一个伟大的声音，是微风和流水的声音。

大自然的古老的呼唤——大自然对尚未降生的生命的无声的呼唤——已经传到这个孩子的心里，把她的心灵独个儿引到我们时代的樊篱之外；因此她站立在那儿，被永恒迷惑得如痴如醉！

10

鱼狗一动不动地坐在一只空船头上，一条水牛沉静而舒适地躺在河边的浅水里，它半睁半闭着眼睛，在饱尝那清凉的泥浆的美味。

母牛在岸上嚼食青草，村庄里野狗的吠声没有使它心惊，一群跳跃着捕捉飞蛾的沙立克鸟跟在它的后面。

我坐在罗望子树的丛林里，这里聚集着喑哑的生命的叫喊声——牛羊的低鸣声，麻雀的啁啾声，天空里纸鸢的呼啸声，蟋蟀的嚁嚁声和一条鱼儿在河里拨水的溅溅声。

我窥视这生命的原始的哺育所，在这里，大地母亲因为第一次生命的捉摸迫近她的胸脯而颤动。

11

在这沉睡的乡村里，中午寂静无声，恍如阳光灿照的午夜，我的假日已经过去了。

整整一个早晨，我的四岁的小女孩跟着我，从这间屋子走到那间屋子，严肃而沉默地望着我准备行装，到后来她厌倦了，就带着一种奇怪的静默坐在门旁，自言自语地咕哝，“爸爸一定不能走！”

在吃饭的时候，一天一度的睡意袭上了她的身子，可是她的母亲已经把她忘记了，孩子伤心得连抱怨的话都不想说了。

最后，当我伸出手臂向她道别的时候，她一动都不动，只是悲哀地望着我说，“爸爸，你一定不能走！”

她这句话逗得我笑出眼泪，使我想到这小小的孩子竟敢向这个为生计所驱使的巨大世界挑战，她不用别的，仅仅凭借这几个字，“爸爸，你一定不能走！”

12

欢度你的假日吧，我的孩子；那儿有湛蓝的天空和空旷的田野，谷仓和古老的罗望子树下的破庙。

我必须从你的假日中取得我自己的假日，从你眼睛的跳跃中寻找光明，从你的喧哗的叫嚷声中寻求音乐。

秋天给你带来了真正的假日的自由，它为我带来的，却是工作的阻碍；因为，看，你冲进了我的房间。

是的，我的假日是一种喜爱扰乱我的无限的自由。

13

在黄昏的时候，我的幼小的女孩听到她的同伴在窗子下面唤她。

她手里掌着一盏灯，用她的面纱遮着，怯怯地走下漆黑的楼梯。

在三月的星夜，我正在平台上，突然听到一声哭喊，我连忙跑过去看。

她的灯儿已经在盘旋的楼梯上熄灭了。我问她："孩子，你为什么哭？"

她在下面苦恼地回答说："爸爸，我把自己丢失了！"

当我回到平台，在三月的星夜下，仰视天空，我仿佛看见有一个孩子在天空行走，她的面纱后面掩藏着一盏盏明灯。

假若这些灯光熄灭了，她也许会突然停下步子，而天际也许会传播着一声哭喊："爸爸，我把自己丢失了！"

14

黄昏迷乱地站立在街灯中间，它的黄金已经被都市的尘土玷污了。

一个浓妆艳抹的女人，在她的阳台上凭栏而立，像一团旺火在等待着飞蛾。

突然，街上的人们，在一个被车轮碾死的流浪孩子的周围，汇成了一个旋涡，在阳台上的女人，感受到坐在世界内心的宝龛里的伟大的白衣母亲的悲痛，她一声痛苦的尖叫，跌倒在地上。

15

我记得荒原上的那幕情景——一个女孩独自坐在吉卜赛帐篷前面的草地上，在午后的阴影下编结发辫。

她的小狗对着她那双忙碌的手又跳又叫，仿佛她干的是毫无意义的事儿。

任她怎样叱责它也没有用，她叫它“讨厌的东西”，又说她给它这样一个劲儿的傻气搅得厌倦了。

她伸出中指嗔怪地敲打它的鼻子，但是这样似乎反而逗得它更乐了。

她恐吓地板了一会儿脸，警告它灾难就要降临；可是随后她却放下自己的头发，一下子把它捉到怀里，大笑着，把它搂在胸前。

17

若是这个从集上归来的穷汉，能突然被人举升到一个遥远时代的峰巅，人们也许会停下他们的工作而向他欢呼，欣喜地向他奔去。

因为他们再不会把他贬降成为一个农夫，而会发现他充满了他那个时代的神秘和精神。

甚至连他的贫穷和苦痛也会化为伟大，不再受到现实生活的浅薄的羞辱，而在他的篮子里的那些卑贱的东西，也会赢得动人怜悯的尊严。

18

他一早出门，在一条被一排喜马拉雅杉树遮住的路上散步，道路盘绕着山岭，像坚定不移的爱情。

他手里握着他的新婚妻子从他们家乡寄来的第一封信，恳求他回到她那儿去，并且要他赶快回去。

在他散步的时候，一只阻隔在远方的手跟随着他，抚摸着他，天空也仿佛响彻着那封信的呼唤："亲爱的，我的亲爱的，我的天空已经盛满了眼泪了！"

他惊愕地问自己，"我怎么值得她这样呢？"

太阳骤然出现在蔚蓝的山脊上，四个女郎高声嬉笑着，从山外的河岸跨着轻快的步伐走来，一条吠叫着的狗儿跟在她们的后面。

两个年纪稍长的女郎看到他那副木然的奇怪神气，忍不住要笑，为了掩饰她们的欢乐，便转过身去，而那两个年幼的女郎，却你推我拥地高声大笑，欢天喜地跑开去了。

他停下脚步，垂下头来。继而他蓦地觉到手中的书信，便重新打开信来阅看。

19

把庙里的神像放上金辇，绕着圣城巡行的这一天来到了。

王后对国王说："走吧，咱们去参加节会。"

一家大小都朝香顶礼去了，只有一个人没有去。他是采集矛尖草给国王的宫殿做扫帚的人。

侍仆的总管怜悯地对他说："你可以跟我们一起去。"

他垂头回答说："这不行哪。"

这个人就住在国王的侍臣们必经的那条大路旁边。大臣骑着象来到这儿的时候，便向他喊道："来跟我们一起去看坐着金辇的神吧！"

"我不敢照着帝王的气派去寻找神明。"这个人说。

"你怎么能再有这样幸运的机会去看乘着金辇的神呢？"大臣问。

“等到神自己来到我门口的时候。”这个人回答说。

大臣哈哈大笑，说：“傻瓜！‘等到神来到你门口的时候！’可是一个国王却还得劳驾跑去看他呢！”

“除了神还有谁来访问穷人呢？”这个人说。

20

日子一天天地流驰，残冬已经过去，阳光下，我的狗在用它狂野的方式和娇爱的小鹿嬉戏着。

到市场去赶集的人们会聚在篱边，他们哗笑着观赏这两个游伴，在竭力用毫无共通之点的语言来表示爱情。

空气里春意荡漾，嫩绿的新叶像火焰般跳动着。每当小鹿蹿跳起来，向自己的移动的影子弯下头去，或者竖起了耳朵倾听微风的低语时，它的乌黑的眼睛里有一道闪光在舞跃。

春的消息同漫游的微风和散播在四月天空中飒飒的林声与微光一起飘来。它咏叹世间的青春第一次的苦痛，当第一朵鲜花从苞蕾里绽放，爱情抛弃了它所熟悉的一切而去寻求它所不知道的东西的时候。

于是一天下午，在阿姆洛克树林里，林影受到光线偷偷的爱抚，变得庄穆而又优美的时候，小鹿撒腿飞奔，好像一颗热爱着死亡的殒星。

天黑了，屋子里灯火已经点亮；星星出现了，夜已降临在田野上，但小鹿始终没有回来。

我的狗呜咽着向我跑来，它那对可怜的眼睛含着疑问，似乎在向我诉说："我不懂得！"

可是有谁懂得呢？

21

我们的巷子是弯弯曲曲的，仿佛多少世代以前，在她开始探索目的地的时候，她曾经左右彷徨，此后就永远停留在迷乱之中。

在天空里，在她那些建筑物的中间，像绸带似的悬挂着一道从空间撕下来的狭带：她唤它蓝城的妹妹。

她只有在中午短短的时刻见到阳光，因此她聪明地向自己提出疑问："是真的吗？"

六月的雨，有时好像用铅笔的涂线掩去了她那一道日光。小路变得泥泞溜滑，雨伞互相碰撞。头顶上喷水口里突然喷射出一股股水，溅泼在她的惊骇的路面上。在惊慌失措之中，她把这当作是造物的一个无礼的狡计。

春风在她的曲折盘旋之中迷失了道路，像一个喝醉了酒的流浪汉，在墙角和犄角上跌跌撞撞，把尘土飞扬的天空撒满了碎纸和破布。"这有多么愚蠢呀！难道神灵都发了疯了吗？"她在愤怒之中高呼。

但是每天从两边房子里倾倒出来的垃圾——混合着灰烬的鱼鳞，剥下来的菜皮，烂水果和死老鼠——却从来没有引起她提出疑问：“为什么会有这些东西？”

她接受每一块铺在她路面上的石子。但有时候一根草会从石缝里伸出头来向上偷看。这使她勃然大怒。在一致的行动之下，岂能容许这种侵扰？

一天早晨，在秋天的光辉抚触之下，她的那些房子从噩梦中醒来，变得十分美丽，她对自己低低地说：“在这些建筑物后面有一种无限的奇迹。”

但是时间一小时一小时过去；屋子里的人都活动起来了；少女从市场上悠闲自在地走回家来，她摆动着右臂，左臂把一篮食物挽在身边；厨房里飘出的气味和炊烟，使空气变得重浊起来。这样使我们的巷子再一次明白，真实和正常的一切正是由她自己、她的房屋以及它们的垃圾组成的。

22

这所房子，在它的富贵盛年已经逝去以后，仍旧流连地站在路畔，好像一个背上披着一块千补百衲的破布的疯子。

岁月日复一日地用凶恶的爪子把它抓得伤痕斑斑，淫雨的季节也在它的赤裸裸的砖石上留下了它们的古怪的签名。

在楼上的一间废弃的房间里，两扇对合的房门有一扇已经从生锈的铰链上掉了下来；于是那另一扇孤独无偶的门，在一阵阵的疾风中，从早到晚地砰砰作响。

一天晚上，从这所房子传出了女人们号啕痛哭的声音。她们悲悼家里最后一个儿子的夭逝，他是在流动剧团里扮演女角来谋生的一个十八岁的孩子。

过了没有几天，这所房子静下来了，所有的门户都锁起来了。

只有楼上那间房间的向北的一面，那扇孤独的房门既不愿意掉下来休息，也不愿意关闭起来，而像一个折磨自己的幽灵，在风中前后摇摆。

过了一些日子，这所房子又一次震响着孩子们的声音。在阳台的栏杆上，女人的衣服晾在阳光里，一只鸟儿在一只覆盖着的笼子里鸣叫，一个孩子在平台上放着风筝。

一个房客到这儿来租了几间屋子。他收入很少，却有许多孩子。那位劳累的母亲殴打他们，他们便在地板上打着滚儿哭叫。

一个四十岁的女佣，一天到晚辛辛苦苦地干着活儿，同她的女主人吵嘴，威胁着说她要辞去，可是从来也没有辞过。

每天做一些微小的修葺。纸贴上了没有玻璃的窗棂，栅栏的缺口用竹片修补了起来；一只空箱子把没有门闩的房门顶住了；陈旧的污渍从新近粉刷的墙壁上隐约显露出来。

富贵的尊荣原已在惨淡荒芜之中找到了合适的纪念；但是他们因为缺乏足够的财力，便暧昧的办法来掩盖这种惨淡荒芜的景象，于是使它的尊严受到了侮辱。

他们忽略了朝北的那间废弃的房间。它那扇孤独的房门依旧在风中砰砰作响，仿佛失望之神在捶打着她自己的胸脯。

23

在森林的深处，苦行的修士紧闭着眼睛在苦苦地修炼；他想修成正果，进入乐园。

但是拾柴的姑娘在衣裙里给他带来了果子，又用树叶做成的杯子从溪流里为他取来了清水。

日子一天天过去，他的修行变得愈加艰苦了，到后来他绝口不尝果子，也不喝一滴清水。拾柴的姑娘感到非常悲伤。

乐园里的上帝，听说有一个人居然胆敢希冀成为神灵。他曾经一次又一次同他的劲敌泰坦们战斗，并拒之于他的王国之外；然而他惧怕一个具有忍受苦难的力量的人。

但是他懂得凡夫俗子的癖好，于是他计划用诱惑来引诱这个凡人放弃他的冒险行动。

从乐园吹来一口气，吻着那个拾柴姑娘的肢体，她的青春由于一阵突然迸发的美丽的快乐而感到痛苦，她的思想也仿佛像蜂巢受到袭击的蜜蜂在嘤嘤作响。

苦修士要离开森林，到山洞里去完成他严格苦修的时候来到了。

当他睁开了眼睛准备启程的时候，那个姑娘出现在他眼前，好似一首熟悉而已被遗忘的诗歌，因为新添了一种曲调而变得陌生了。苦修士从他的座上站起来，告诉她这是他离开森林的时候了。

“但你为什么要夺去我给你效劳的机会呢？”她眼眶里噙着泪珠问道。

他重新坐下来，沉思了好久，便在原处留了下来。

那天晚上，姑娘心里悔恨，一夜没有成眠。她开始害怕自己的力量，憎恨自己的胜利，但是她的内心却在狂喜的波浪之上颠簸摇荡。

到了早晨，她走到苦修士的面前，向他施礼，请他为她祝福：说她必须离开他。

他默默地望着她的脸，接着他说，“去吧，祝你如愿。”

多少年，他独自兀坐，最后他的苦修功德圆满了。

众神之王从天上降临，告诉他已经赢得了乐园。

“我不再需要乐园了。”他说。

上帝问他希望得到的更大的报酬是什么。

“我要那个拾柴的姑娘。”

24

他们说织布工人喀毗尔是上帝所宠爱的人，因此大家围着他，求他施舍灵药和显现神迹。但是他感到非常苦恼；在这以前，他的微贱的出身，已经赋予他一种极其可贵的默默无闻，他歌唱，并且和上帝接近，使这种默默无闻的生活变得非常甜蜜。他祈求他能保持这种默默无闻的生活。

教士们妒忌这个鄙夫的声名，于是他们勾结了一个娼妓去污辱他。喀毗尔到市场上去出卖他织成的布匹；那个女人抓住了他的手，骂他无情无义，并且跟到他的家里，说她不愿被他遗弃，这时喀毗尔对自己说："上帝在用他自己的方式来回答祈求。"

不久，这个女人感到一阵恐惧的战栗，她跪下来哭喊说："求求你，把我从罪恶里救出来吧！"他回答说："把你的生命敞开，向着上帝的光明！"

喀毗尔在纺机上一边织布一边歌唱，他的歌声洗去了那个女人心里的污点，而作为报答的是，他在她的甜蜜的声音中找到了慰藉。

一天，国王凭着一时的任性，宣召喀毗尔进宫，命他在自己的面前唱歌。这个织布工人摇摇头不愿意去，但是使者一定要完成了主人的使命以后，才敢离开他的门口。

国王和他的臣子看见喀毗尔走进殿来都大惊失色。因为他不只是一个人，他的后面跟随着那个女人。有人在微笑，也有人在皱眉，而国王看到这个乞丐的傲慢无耻的神气，脸色变得阴沉了。

喀毗尔屈辱地回到家里，女人倒在他的脚边哭道："为什么要为我忍受这样的羞辱，主人？让我回到丑恶的名声中去受罪吧！"

喀毗尔说，“上帝带着屈辱的烙印来临，我不敢把他赶走。”

26

这个人没有任何正经的事儿，他只有各种各样不同的幻想。

因此在他的一生虚度于微不足道的琐事之后，发现自己已置身于乐园之中，便觉得奇怪起来。

现在导引的人把他领错了一个乐园，领到一个只是给善良而忙碌的人们居住的乐园里来了。

在这个乐园里，我们这个人在路上逍遥逛荡，无所事事，只是阻碍了事务的奔忙。

他闪避到路畔，人家警告他践踏了播下的种子。人家一挤，他就惊跳起来；人家一推，他就继续向前走。

一个非常忙碌的女郎来到井上汲水。她的脚在路上奔跑，好像敏捷的手指在竖琴的弦上划动。她匆匆地把头发随便挽了一个结，她额上的蓬松的鬈发钻进了她乌黑的眼睛。

这个人对她说，“你愿意把你的水壶借给我吗？”

“我的水壶？”她问，“要汲水吗？”

“不，给它画一些花纹上去。”

“我可没有空给你闹着玩儿。”女郎轻蔑地拒绝说。

现在一个忙碌的人，没有空闲来反对一个闲散透顶的人。

每天她在井边碰见他，而他也每天重复同样的要求，最后她让步了。

我们这个人用稀奇古怪的颜色和许多神秘而错综的线条，在水壶上画上花纹。

女郎接过水壶，在手里转弄着，问道，“这是什么意思？”

“没有什么意思。”

女郎把水壶带回家去了。她提起这把水壶，把它放到各种明暗不同的光线下面，竭力想找出其中的奥妙。

在夜里，她下床来点了一盏灯，站在各种不同的方向盯着那把水壶。

这是她第一次遇见一件没有意义的东西。

第二天，这个人还是站在井边。

女郎问他，“你要什么？”

“我还要为你做一件事情。”

“什么事儿？”她问。

“请容许我编一根彩色的丝带来给你绾发。”

“有什么必要吗？”

“没有任何必要。”他承认说。

丝带编好了，从此以后，她在头发上费去了许多时间。

那个乐园里按部就班、充分利用的时间，开始显出不规则的裂痕来了。

长老们感到苦恼：他们召开了会议。

那个导引的人承认自己闯下了大祸，他说他把这个人带错了地方。

这个误入乐园的人被传唤来了。他的头巾色彩鲜艳，像火焰般的炫目，一望可知这祸闯得有多么大。

长老的首领说，“你必须回到人间去。”

这个人宽慰地吐了一口气说，“我已经准备好了。”

那个用丝带束发的女郎接口说，“我也准备好了！”

这是长老的首领第一次遇见没有意义的场面。

27

据说在森林里，靠近河流和湖泊会合的地方，有一种仙女乔装改扮住在那儿，她们要等自己飞去以后，才让人们识破真相。

一个王子走进这座森林，当他走近河流和湖泊会合的地方，他看见河岸上坐着一个乡下姑娘，她在拨弄流水，教百合在水上舞蹈。

王子低声地问她，“告诉我，你是什么仙女？”

这个姑娘给他问得笑了出来，山坡上震响着她的欢悦。

王子心想她是爱笑的瀑布仙女。

消息传到国王的耳朵里，说王子娶了一位仙女，他便派遣了人马，把他们带到他的王宫里。

王后看见了这个新娘，厌恶地转过脸去，王子的妹妹窘得脸红，侍女们也在问，难道仙女就是这样打扮的吗？

王子低声地说，“嘘！我的仙女是改扮了到咱们家里来的。”

一年一度的节会来到了，王后对她的儿子说，“告诉你的新娘，咱们的亲戚要来看看仙女，叫她不要在亲戚面前丢咱们的脸。”

于是王子对他的新娘说，“看在我对你的爱情的分上，在我们的亲戚面前显一显你的真相吧。”

她默默地坐了好久，继而点头允诺，这时候泪珠滚下了她的面颊。

圆月皎洁，王子穿着一身婚服，走进他的新娘的房间。

房间里阒无人影，只有从窗口射进来的一道月光，斜照在床上。

王亲国戚随着国王和王后拥进新房，王子的妹妹站在门旁。

大家问道，“仙女新娘在哪儿？”

王子回答说：“为了让你们认识她的真相，她已经永远消逝了。”

29

山溪像一把光芒闪烁的弯刀，被黄昏插入了暮色的刀鞘，一群鸟雀突然在头上飞过，它们挥动着高声大笑的翅膀向前冲飞，宛如穿行在群星之中的一支利箭。

此情此景在凝然不动的万物心中，惊起了一种对速度的激情；群山似乎在它们的胸中感到暴风雨的阴云的苦痛，而树林则渴望挣脱它们生根的枷锁。

这些鸟雀的冲飞，为我撕碎了静寂的面幕，在深邃的沉静之中，泄露出巨大的颤动。

我看见这些山峦和森林，越过时间飞向未知的境域，黑暗在繁星飞过的时候，颤成了火花。

我觉得在我自己的身体里，有越过海洋的鸟儿振翅疾飞的那种力量，在生与死的界限之外划出了一条道路，而在这时候，漂泊的世界以众口纷纭的声音喊着“不是这里，在别的地方，在遥远的远方的心里”。

30

人们惊奇地倾听着青年歌手迦希[1]的歌唱，他的歌声宛如竞技会上的一把利剑，在千绪万端的纷杂纠结之中翻滚飞舞，把它们劈成碎片而欢呼。

① 迦希：乐园里自海上升起的舞蹈的女郎。

老钵罗多钵王厌烦地忍耐着，坐在听众中间。因为他自己的一生曾受巴拉嘎尔的歌声的围绕和哺育，好像一脉流水蜿蜒多姿地缀饰着的一片乐土。他那些阴雨的黄昏和秋日静谧的时分，曾透过巴拉嘎尔的歌声向他的心田倾诉，他的狂欢宴饮之夜也曾应和着那些歌曲，剪剔灯花，敲起叮当的银铃。

当迦希停下来休息的时候，钵罗多钵微笑着向巴拉嘎尔挤眼，低低地对他说，“大师，现在让我们听点儿音乐，可不是这种模仿蹦蹦跳跳的小猫，捕捉瘫痪的老鼠的新兴的曲子。”

这位缠着洁白的头巾的老歌手，向到会的人们深深地鞠了一个躬，坐上了座位。他的瘦骨嶙峋的手指弹起了乐器，他闭着眼睛，在胆怯的迟疑中，开始歌唱。厅堂很大，但是他的歌声软弱无力，钵罗多钵炫耀地高声喊着“好啊！”但是他在巴拉嘎尔的耳边低声说，“朋友，大声一点儿！”

听众烦躁起来了，有的在打呵欠，有的在打瞌睡，有的在抱怨天热。厅堂里嗡嗡地响着一片不专心倾听的嘈杂声，而歌声好像一只脆弱的小船，在这上面徒然颠簸摇荡，终于沉没，在这片喧哗嘈杂之中。

突然，这位老人心里受了打击，忘记了一段歌词，他的声音痛苦地摸索着，仿佛一个瞎子在集市中摸索他失散的引路人。他想用任何临时出现的调子来填补这个裂口，但是裂口仍旧张着嘴巴：痛苦的旋律拒绝为需要服务，而突然改变了音调，化作一声低泣。这位大师把头伏在乐器上，从内心迸发出婴儿在降生人间时的第一声哭叫，代替了他所忘记的音乐。

钵罗多钵轻轻地拍了拍他的肩膀，接着说，“走吧，我们的聚会不在这里，我的朋友，我知道，没有爱的真理是孤独的，而美既非人人所共赏，也不存在于片刻之间。”

喜马拉雅，你在世界的少年时代，从大地的开裂的胸中跳出来，就把你燃烧着的挑衅山连山地掷给了太阳。

继而成熟的时代来临，你对自己说，“够了，不要再向远处伸展了！”你那颗渴慕云霞自由的火热的心，发现了自己的限度，便凝然屹立，向无限致敬。

你的激情经过这番抑制以后，美丽就自由地在你的胸脯上游戏，信任怀着繁花和飞鸟的喜悦围拥在你的四周。

你孤零零地独自坐着，像一个博览群书的学者，在你的膝上放着一本翻开的用数不尽的石头篇页编成的古书。

我想知道，这里面写的是什么故事？——是神圣的苦修士湿婆和爱神婆伐尼的永恒的婚礼？——是恐惧向脆弱的力量求婚的戏文?

33

我的眼睛感觉到这天空的深邃的宁静，它在我的周身激起了一种如同树木在举起它那杯子般的绿叶来斟满阳光时的感觉。

我的心中升起一缕情思，如同绿草在太阳下散发出来的温馨的气息；它混合着流水拍岸的呜咽声和乡村小巷里的倦风的叹息——我想起我曾与这世界的全部生命共同生活，并且赋予它我自己的爱恋和悲愁。

37

请赐我以爱的崇高的勇气，这就是我的祈求——那种敢于言谈，敢于行动，敢于听从你的意志而忍受苦难，敢于摒弃万物或为万物所摒弃的勇气。在奔赴危险的使命中，请予我以坚强，以苦痛来荣耀我，并助我攀登那每日为你而贡献的艰难的心怀。

请赐我以爱的崇高的信赖，这就是我的祈求——那种在死亡之中的生命所有的信赖，在失败之中的胜利，在最脆弱的美丽之中的威力，以及在忍受屈辱而不屑睚眦相报的苦痛之中的尊严所有的信赖。

（汤永宽　译）